父の遺した「シベリア日記」

―35年目の帰還―

大森　一壽郎

はじめに

私の机の上に、「シベリア日記」という四百字詰原稿用紙二百枚の原稿とロシア共和国副首相A・ショーヒンの命令に基づき、中央国立特別公文書館長が出した「労働証明書」なるものが置かれている。

「シベリア日記」の作者は私の父、大森茂夫。その父が死んでから十年以上が過ぎた。父の遺品の整理もほぼ終わり、この「シベリア日記」をどうするかが、その整理の仕事の最後のものとなった。この大部な日記を本のような形にできないだろうかと、生前の父から相談を受けていた。私は父の三回忌、七回忌の時等に日記を読み直したりしていたが、日常の仕事に追われることもあって、途方に暮れることが多かった。

それは日記の中身については興味深い話が多く、読み応えがあるのだが、そもそも何故二十代前半の青年が、ソ連に捕虜として抑留されたのか、捕虜とは一体何なのか、ソ連に抑留される前の父の生活環境や当時の日本社会の状況はどのようなものであったか等、太平洋戦争後の昭和二十三年生まれの私には、皆目分からなかったからである。

それにしても、遺品の整理をしていたとき、タンスの奥にあった風呂敷の中から出てきたロシア共和国の労働証明書、これは一体何なのだろう。その労働証明書の綴りの中に、全国抑留者補償協議会（全日本抑留者協会）会長斎藤六郎名義の「労働証明書到着の御案内」という文書があり、それには次のように記載されている。

「前略　皆様にはいよいよ御清栄のことと存じあげます。かねて貴方より申請ありましたソ連抑留中の労働証明書と日本語訳文をお送り致します。内容につきましては貴方の申請を極力尊重したものとなっております。

労働証明書の効力については、目下東京高等裁判所で真理中であり、同時に政府、国会に対しても、力強く働きかけております。何れ日露両国間で決着の見込みです。

尚、証明書に記載されてありますルーブル賃銀額は、一九四五年代のものです。

時節柄、一層御健康に留意下さいます様に、先づは労働証明書のご送付まで。

草々」（以上原文のまま・巻末資料）

これによれば、ソ連に抑留された者が、抑留中に労働に服した場合に、ロシア政府が出した労働証明書の様であり、その効力について、東京高等裁判所で審理が行われていたことが分かる。この労働証明書が発行されたのが一九九三年十月二十日であるから、父が七十二歳の頃であり、その頃に父から労働証明書の話を聞いたようでもあり、聞かなかったようでもある。少なくとも、東京高等裁判所で係争中であるというような話が出た記憶はない。

生前の父は、戦争中のことやソ連抑留についての話はほとんどしなかったが、七十代に入って、特にその後半になると、ソ連抑留の思い出を、晩酌をしながらではあったが、ポツリポツリと話をすることがあった。今、思い出すと、このシベリア日記に書かれたものを時折話していたように思う。それらの話の中に労働証明書の話もあったかもしれない。もう少し、真剣に聞いておけば良かったと悔やまれる。

父が八十歳になると、この日記を渡され、読んでみてくれと言われたが、私は父の存命中は読み切ることができず、日記の内容そのもので、父と話をすることはなかった。そのため、何故、この日記を父が書いたのかは聞きそびれてしまった。

何故、書いたのだろう?それも父は昭和五十七年八月十五日（父六十一歳）に、この日記を書き上げている。

父は昭和二十二年四月二十七日に、ソ連から舞鶴港に上陸している。当時二十六歳であった。それから三十五年後に、この日記は書き上げられている。太平洋戦争の敗戦後の日本国内の混乱と食糧難の中、仕事をし、家族を養っていく者としては、抑留記のような書き物を書く余裕など全くなかったことは容易に想像できる。それが、六十歳頃になって、これだけ大部のものを書き上げるという意思とエネルギーは、どのような理由から生じるのであろうか。それも、この「シベリア日記」を読んでいただくと分かると思うが、悲惨な抑留体験を書いたというものではなく、人間的に共感できる事柄を綴っているようにも感じられ、このような抑留記をなぜ書いたのか、とても不思議に思う。それを知るためには、父の生きた時代、特に戦前の時代がどのようなものであったのかを知る必要があると思うので、父の生きた戦前の時代状況を以下に俯瞰してみる。それを見た上で、戦後の父の状況も最後に見ることにしよう。

戦前の時代

大森茂夫が生まれたのは、大正十一年一月一日、栃木県那須郡小川町であった。両親は横須賀市に住んでいたが、事情があって、母親の実家で生まれたようである。しばらくは祖母に養育されたが、その後、茂夫は両親の元へ帰され、横須賀市で生活を始めた。

学校は、横須賀市田戸台尋常田戸小学校を卒業し、横須賀市立工業高等学校研究科建築科（旧実業学校研究科）を卒業した。日本が戦争へ、戦争へと進む時代状況の中にあって、茂夫は、十歳から十七歳、学業に真面目に取り組んでいたようである。高校の研究科建築科を優秀な成績で卒業したことからもそれが分かる。

昭和十三年、高校の建築科を出た茂夫は、横須賀海軍建築部二課に、二級製図員として就職する。その後、昭和十八年四月十日、二十二歳の時に同建築部を依願解雇され、同日、現役兵として第十二航空教育隊第六中隊に入営するまで、同建築部で建物の設計、工事現場の管理等に従事するわけである。

この生まれてから高等学校を卒業するまでの時代というものは、軍国主義、ファシズム進展の時代と言えようか。

茂夫が生まれた大正十一年、イタリアにファシスト政権が誕生している。茂夫の青年期の時代状況をより良く理解するため、この大正十一年より前の戦争の流れをここに記載する。

この戦争の流れを見ると、日本が開国し、明治の世になって、「富国強兵」のスローガンの元に、十年周期で戦争を行っていた事が分かる。そして、後の茂夫のソ連抑留に大きな影響を与えることになる、ソビエト・ロシア革命―ソ連の誕生とシベリア出兵が起きている。

一八九四年（明治二十七年）　日清戦争
一九〇四年（同　三十七年）　日露戦争
一九一四年（大正三年）　第一時世界大戦
一九一八年（大正七年）　シベリア出兵

昭和四年、茂夫八歳のとき、世界恐慌が起き、世界が戦争モードへ突入する。
次に、茂夫が横須賀海軍建築部へ職を得るまでの時代、いわば彼が学業に励んだ時代状況を記す。

一九三一年（昭和六年、茂夫十歳）　満州事変始まる
一九三二年（同　七年）　満州国建国、五・一五事件
一九三三年（同　八年）　国際連盟脱退、ドイツ・ナチス政権
一九三六年（同十一年）　二・二六事件、日独防共協定
イタリア、エチオピア併合、スペイン内乱

一九三七年（同十二年）　日中戦争始まる、日独伊防共協定
一九三八年（同十三年）　独伊枢軸結成
　国家総動員法、ミュンヘン会議

茂夫が、十八歳から二十二歳まで、この横須賀海軍建築部で働いていた時代の状況は以下のとおりである。

一九三九年（昭和十四年、茂夫十八歳）　国民徴用令、価格等規正令
　ノモンハン事変
　第二次世界大戦
一九四〇年（同　十五年）　日独伊三国軍事同盟
　大政翼賛会、大日本産業報国会
一九四一年（同　十六年）　太平洋戦争始まる
　独、対ソ戦・対米戦
一九四二年（同　十七年）　ミッドウェー海戦で敗北
　マンハッタン計画（原爆）開始
一九四三年（同　十八年）　ガタルカナル島撤退開始

アッツ島日本守備隊全滅
カイロ会談

茂夫が、この海軍建築部で働いていた時代は、日本をはじめ世界中が総力をあげて戦争を行っていたわけであるが、茂夫は日常の仕事である横須賀海軍航空隊内建物の現場監督補助、横須賀海兵団内の建物設計、現場監督、横須賀海軍工しょう造船部設計、監督補助、横須賀海軍共済会衣笠分院（現在の衣笠病院）の工事監督などの業務に精励していた。

茂夫は、海軍建築部に五年一か月在職していたが、真面目な勤務ぶりで、製図員から技生に昇進もしている。この頃のエピソードとして、海軍建築部では、昇進や昇給があると、それに該当した者は同僚の者たちに横須賀市本町にある天ぷら屋の天丼を奢るという習慣があったようである。きっと、茂夫もそのようにしていたと思う。戦争に丸ごと飲み込まれるような時代でも、茂夫は休日には、横浜まで足を伸ばし、伊勢佐木町で遊び、洋食レストランでカツレツなどを食べていたらしい。しかし、戦局の悪化に伴い、牛や豚肉がなくなり、蛙のカツを食べたようだ。それでも青春を楽しんでいた面もあったのだろう。

茂夫は、日本が戦争に負け始めた昭和十八年、二十二歳のとき、現役兵として入営し、満州に送られた。二年四か月の兵役の後、日本の敗戦により、昭和二十年八月二十五日、満州のチチハルにて武装解除され、同年十月十日に、チチハルを出発し、満州里経由でソ連に入った。

茂夫のこの兵役時代の状況を以下に記す。

一九四四年（昭和十九年、茂夫二十三歳）インパール作戦中止、サイパン島の日本軍全滅、レイテ沖海戦敗北

一九四五年（同　二十年）

東京大空襲、硫黄島の日本守備隊全滅
沖縄の日本軍全滅、広島原爆投下
ソ連の対日参戦、ヒトラー自殺
長崎原爆投下、ポツダム宣言受諾
日本敗戦
満州事変以来十五年の戦争が終わった

茂夫が現役兵として入営し、軍務についたのは、満州チチハルの陸軍航空隊の飛行場勤務（飛行機整備兵）であった。満州にいた茂夫は、日本の内地や沖縄、そして南方の戦争

の負け戦の悲惨さは、経験していなかった。しかし、その後、ソ連軍の爆撃や陸上からの攻撃にさらされ、武装解除された後、ソ連の捕虜となり、シベリア抑留になった。抑留されたのは次の期間である。

一九四五年（昭和二十年、茂夫二十四歳）十月十日　シベリア抑留

一九四七年（同二十二年）　四月二十四日　ナホトカ出発

同　二十七日　舞鶴港上陸

この抑留期間、茂夫は何処で何をしていたのだろうか。生前に茂夫が語った事や彼が残したメモや労働証明書によれば、第二十五地区スレテンスク収容所に収容され、カクイ造船所新築五カ年計画に従事した。

その時のソ連側の工事総監督者は、チルネフという者であったようである。抑留期間中の体験や出来事については、次の茂夫の手になる「シベリア日記」を読んでいただきたい。

大森　一壽郎

戦前の時代

目次

終わりにあたって　大森一壽郎

シベリア日記

埜人生

大森茂夫
（日記及び挿絵）

まえがき

昭和二十年八月十五日。

私は斉斉哈爾《チチハル》で終戦を迎えた……。軍隊の崩壊……そして捕虜と身辺が急に変わったのである。

飛行場のピットで終戦の詔勅《しょうちょく》を聞いたとき、涙を流して泣いた事も、肩から力が抜けていくのを知ったときも、心の隅で助かった、死ななくて済んだ、生きて故国の地が踏める、又、親兄弟に会えると思ったものである。

今、このようなことを書けば、不忠、不孝な奴と言われるだろうが、本当の実感なのである。悲しい気持ちの中にも生きられたという心の喜びは隠せるものではなかった。戦いが如何に軍人の本分とはいえ、やはり生きられることが本筋であったようである。

さて、生きてどうなるのだろうと考え付くのに時間はかからなかった。長い間に失った取り返しのつかない時間の空費と何のために苦しい思いをして一度しかない青春を死に賭けたのかと悔やまれるのであった。生きられたから言えるのであって、死んでいった奴は草葉の陰で泣いていることと思ったのである。だが、苦しみが増してきた時には死んだ奴

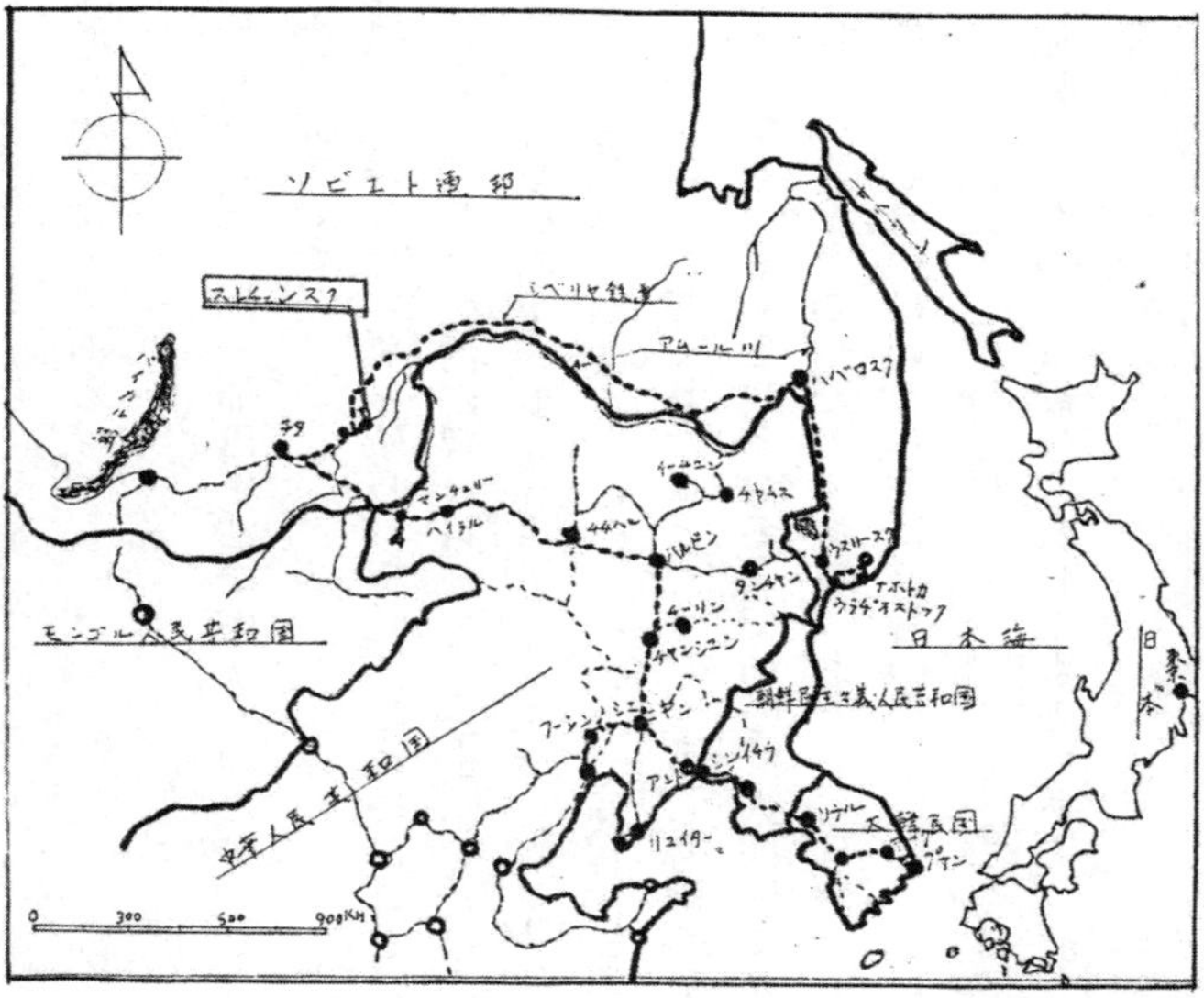
ソビエト連邦
ストレチェンスク
シベリヤ鉄道
アムール川
ハバロフスク
チタ
マンチュリー
ハイラル
ハルビン
タンチャン
ウスリースク
ナホトカ
ウラヂオストック
日本海
モンゴル人民共和国
チャンシュン
朝鮮民主主義人民共和国
アンド
シンイチウ
中華人民共和国
リユイター
リデル
大韓民国
プサン
0
300
500
900KM

シベリア地図

が羨ましく思えたのである。

これから長い三年間の捕虜生活が始まるのだが、この時点では、まだ内地に帰還できることを夢に見ていた。

ソ連機の爆撃でその夢も破られて覚悟を決めることになったのだが、三年という長い歳月、こんなに苦しい生活が課せられるとは思いもしなかった。ソ連国内での捕虜生活は、冬の厳しさと夏の酷暑があまりにもひどく、そのうえに食糧事情の悪さが重なって、二重、三重の苦しみであった。だが、その中で救われるものは唯一つ住民の人々が明るく、楽しく、我々に接してくれたことだった。彼らも厳しく抑圧されている人達で、自由のない労働者であったからと思われるのである。人間同士が戦い、殺し合う悲劇は二度とすることではないことを知ったのである。お互いに理解し合えば、又、欲望を抑え、話し合えば悲劇的な殺し合いは起こらずに済むのではないかと思ったのである。

我々も敗戦国民として戦勝国民に奴隷のような処遇を受けたが、恋とか愛とかいう形のものを体験できたことは幾分救われたものである。心と心の触れ合いの大切なことを知ったのであった。

捕虜生活はただ苦しく悲しいことばかりではなく、心暖まることもあったのである。でも戦争の悲劇、悲惨さを知った者も、知らない者も事実をよく知って、二度とこのような思いはしないよう努力することであると思うのである。

捕虜

敗戦……終戦と呼び換えられたが、戦いに負けたのである。言葉は何とでもいえるが戦争は終わったのであった。

一部の者は戦いの続行を提唱して、ソ連軍に戦いを挑んだのであるが、ソ連機の爆撃で多くの戦友が空中に舞い上がる姿を見る……それが最後の戦いで、私たちは捕虜としてソ連軍に捕らえられてしまった。逃亡者もいた

捕虜収容所

が、多くは殺されたという話である。

満州人の暴動で民間人は大変な苦労であるとの情報が流れてきた。日本人婦女子に対する暴行強姦が行われ、死ぬ人も出たという話は次々と伝わってくる。

我々は兵舎を出され、弾薬庫に入れられた。火を使うことはできず、軍靴を脱ぎ、裸足の生活が要求された。毎日弾薬上の寝起きは、いつ爆発するかと息苦しい日々であった。

使役《しえき》の集合がかかる……やっと外に出られるようになったが、これが捕虜としての生活が始まる最初である。何処で手に入れたのか幕舎《ばくしゃ》が渡されて、我々十名ほどの者は幕舎生活が許されて移る。食糧や被服は幾らでも転がっていて、食べ放題、着放題である。毎日新品と取り替えて、古い物は放り出して捨てる。食糧は何でもある。遊んでいるが、そのうち作業が課せられるだろうと覚悟はしていても、生きて日本に帰られるものではないと考えているが、やはり父母兄弟はどうしているかと心配になる。自分の心配をしなくてはと思い直すが、今のところではどうしようもない。逃げ出しても外は満州人で、日本人と見ると殺しに掛かる様子であり、ソ連兵も日本兵と見ると発砲する。生命の保証はないのである。幕舎の中にいるのが一番と誰も用事以外は外に出ない。

作業の集合がかかる……。弾薬を運び出し、自動車に積む作業が続くのであるが、何処に持ち去るのかは解らない。

ロシア人が我々に対して立派な自動車だろうと自慢しているが、ソ連製ではなく米国製である。彼等はそれをソ連製だと鼻高々に見せるのだが、「ＵＳＡ」のマークが付いていて大笑いであった。彼等には読めないのだ。また数についても不得意で、自動車に積んだ弾薬の数も我々が数えないと解らない。数えてやると片目をつぶって走り去る。ソ連とは不可侵条約を守って戦わなかったので、こんな事になるとは思いもしなかったが、卑怯な奴だと腹を立てるのである。

毎日、弾薬の運搬が続く……満州には関東軍十年分の弾薬と食糧が野積みにされていて蓄えてあると聞いていたが、有るもので、こんなに大量に物資があるのに負けるなんておかしいと思ったものである。ロシア人は濡れ手に粟とよろしく、満州の物資を根こそぎソ連国内に運んでしまった様子である。

次は人間で、捕虜として自国で働かすために満州から連れ去るのである。軍人は仕方ないものであるが、民間人ま

略奪

で連れ去ったのでいろいろと悲劇が起きたようである。それも男ばかりで女は満州に放り出したままであり、残された人々は大変に苦労したと思うのである。

満州から全ての物資と工場の機械から鉄道の線路に至るまで何もかもソ連に運び去られた。そして日本人の男子も同様にソ連に連れ去ったのである。我々も最後の自動車を送り出すと、帰国という話で移動の準備にかかるのである。

一大隊千五百名の編成で駅へ向かう。人の欲とは大変なもので、持てる物は何でも背に付けて、又、力も出るもので山のような荷物を持って行進である。前の者に付いていかぬと遅れてしまう。身体の弱い者は段々と遅れて、後方になるのだが、後の方は大変である。満州人が大きな鎌を持って付いてきて、遅れた者の装具を取り上げるので命の惜しい者は捨てて空身で逃げてくる。

何里歩いたのか……足の裏に大きなまめができて痛んでたまらない。落伍はしないが重い荷物を背負って収容所に着く。背負った装具は防寒被服に普通の装具だ。銃と剣がないだけであとは皆持っている。腰に付けた米の重さがずっしりとこたえる。明日は帰国で、貨車に乗れると言われて皆喜ぶ。

満州も十月末になると寒くなるので、防寒被服は捨てられず、他の不要と思われる荷物を捨て去ることにする。まず、第一に余計に持った被服、日本へ帰るのに不要と考えたからだ。だが、段々と捨てて軽くなると貨車に乗る頃は身の回りの品と食糧となる。欲が出るのか戦友にやるのも惜しくなる。

「ダモイ……」[※1]皆喜び勇んで貨車に乗る。貨車は馬糞臭い……馬並みかと笑いながら乗り込む。毛布を敷いて寝るところを作る。これで大連から日本へ帰れるのだと安心して寝る。

目が覚めたら、貨車は我々を乗せて動いているのだ。やれやれと思ったが、誰かが「どうもおかしいぞ」と言う。

北に向かって走っているのではないかと……彼の手を見ると磁石を持っているではないか。皆、覗き込んでみると北に走っているのである。

満州里《マンチュリー》を経て、次はチタ……。ソ連領ではないか……。やっと我々は捕虜としてソ連に連行されるのだと気付く。もう後の祭りで逃げることもできずに、ソ連に連行される。

シベリアに住むロシア人の貧しい生活を途中いろいろと見たが、あまりの姿に驚くうち貨車は走り続けるのである。

急に貨車が止まった。降りるのかとドアーを開けると外には残雪がある。ソ連領でチタより少し手前の小さな部落のようで、何のために止まったのか皆不思議がっていた。

ソ連兵が走ってきて、「用を足せ」、「食事をしろ」と言ってきた。

全員降りて久しぶりに背を伸ばす。用とは、大と小であるが、慣れた野糞をして空を見ると青く澄んでいる。根雪にはまだ早い雪がある。冷たい風が尻を撫でて吹き過ぎる。

これから死ぬまで捕虜生活が続くのか、だが一方このまま帰るのではないかとも思われて希望が湧く……帰国と言われて、貨車に乗せられシベリアに、遠くウラジオストックを経て、帰るのだと自分に言い聞かせる。

熱いスープに黒パンで食事は終わり、小休止後貨車はまた走り出す。

ソ連兵がドアーを開けてもよいと言うが、風が冷たいので少し開けて外の景色を眺めながら、ゴットン、ゴットンと揺れていく。チタに着くまで所々に止まる。満州の中を走っていたのとは違って、我々の扱いが大まかになる。

ロシア人部落を通ると、住民が出てきて手を振っている。小さな子どもも大人も、我々に対する憎しみはない。人懐っこい顔が笑顔で我々を見送ってくれている。乞食のような姿の人々、皆貧しいようだ。雪が残って泥の水溜まりの中で、子ども達は大きな腹を出して、ノーパンに裸足である。女の子も男の子も寒くはないのかと感心するが、我々の姿よりも貧しい格好に驚く。戦勝国の住民が戦争に疲弊して、このような姿で頑張っていたのかと考えさせられた。日本は戦いに負けたので、どんな生活があるのかと思い忍ばれる。

明るい表情の人たちである。ロシア人は個人的には人が良いと聞いていたが、こんな姿なのかと思う。食べるものも着るものもなく、男は戦場に出て、女子どもが働き国を守る。何処の国も同じようだが、勝った国の惨めな姿を見ると、負けた日本はどうなっているのかと不安は募る。考えてもどうにもならないことなので、思いを変えて、ただ呆然と外の景色の移り変わりを見る。村落が現れて森林の中に消え、汽車は深い緑の中を進む。人間は誰もいない。汽車の音と風の音だけが聞こえ、チタまでの退屈な旅が続く。チタに着く……。此処が運命の別れ道であった。シベリアに残って作業する者とバイカル湖を越えてウクライナの方面まで行く者とが別れたのである。

私は幸か不幸か、シベリアに作業隊員として編成された作業大隊の一員として貨車に乗せられて、作業場に連行され、「ラボータ」[※2]とノルマに苦しめられる身になるのであるが、この時点では、まだ帰国の夢があって誰との話も故郷の山河や親兄弟の話であった。

待っていたのが「ラーゲル」[※3]とは意外であり、ナホトカより日本に帰国し家に着くまで、ソ連兵を憎み続けたのである。

※1 帰国　※2 労働・仕事　※3 捕虜収容所

銀のナイフとフォークとスプーン

長い長い貨車に乗せられて、海の見える町に連れてこられた。乗り込むときに、君たちは日本に帰るのだからと言われて、皆大人しく来たのである。

潮風と違った味の風が吹いてくる。目の前に水面が煙って見える。我々は日本に帰れるものと喜び下車、馬糞の臭いのする貨車から降りて周囲を見る。小さな田舎の駅のような感じで、周りに何もないホームだけの貨物駅である。

装具を持って集合、整列、前進、旧軍隊の名残でなかなか見事な行進である。だが、銃はない。何処に連れて行かれるのか捕虜の行進が続く。将校は腰に軍刀を下げている。名誉ある捕虜としての扱いのようである。我々の中にもピストルを隠し持っている者もいる。私は銀のナイフとフォーク、それにスプーンを大事に持ってのソ連入りである。銃も剣も捨て、丸腰で将校図嚢《ずのう》※1に満州紙幣がぎっしりと詰められている。内地に帰って両替する予定であった。

この紙幣がこの先、便所のちり紙になるとは思ってもいなかった。だが、持っていたので助かったのである。毎日、十円紙幣で尻を拭く豪勢なものであった。

途中、ロシア人に会うが、人懐っこい人達で、手を振っている。彼等が後で物々交換の相手になるのであるが、当時はまだ我々の方に感情的なものがあって、相手にもしないで通り過ぎる。

収容所に着く。建物の周囲には有刺鉄線が形式的に張りめぐらせてある。杭の頭に一条だけである。我々が入居した建物は、以前流刑者が生活していた様子で、宿舎も、炊事場も、食堂もできている。

宿舎と寝台が決められて、装具を下ろし、整理して住居が確保できた。日本へ帰るまで、この収容所で生活するのである。

一度か二度降った雪が残雪として残っている。満州斉斉哈爾《チチハル》を出て、一か月ぐらいの旅で早、十月下旬と思うが、本格的な寒さが来る前のようだ。町に行くのも、民家に行くのも自由勝手に門の出入りができて、毎日毎日ぶらぶらと遊んでいる。何時頃、船が迎えに来るのか皆楽しみにして過ごす。

出入口に女の門番が立った。誰も逃亡など考えてもいないのに猟銃を持った女性で、歳は分からない。日本人に似た可愛い人である。身振り手振りで話をするが面白く愉快である。言葉はお互いに分からないが、何となく打ち解けられる。外に遊びに行きたいと手振りで話すと、早く帰れと笑いながら出してくれる。石鹸が欲しいと言うので一個やると喜んで家に遊びに来いと誘ってくれた。心持ちの優しい人である。

今日は海に行くことにして出掛ける。道は駅とは反対側だが、畑の中を通って行く。人家は一軒もない。水際に近づいて驚く。海ではなく河である。遠くに対岸が見える大きな河で、海と間違えて見ていたのである。指を入れて舐めてみる。塩辛くない。さて、我々は何処に連れて来られたのか、これから先どうなるのか心細くなる。

夕食後、皆集まって話が始まったが、我々が知ったように他にも海でないことに気がつ

カクイ造船所

いていた者がいて、騒ぎが大きくなる。近くに造船所が有る事を見てきた者まで出る。河の先は海で、迎えの船はここまで来ると話は落ち着く。誰も心配なのである。この時は誰も「ラボータ」なぞ考えておらず、「ダモイ」のための一時的な集結と思っていたのであり、皆その気になっていた。

将校には指揮者として軍刀を帯びさせていて、軍隊の持つ軍律を要求していたようである。体面を重んじた我が軍人、特に将校は捕虜になっても将校の権力を信じていたので、腰に軍刀を付け、兵に接していた。このような組織が後まで政治部員の乗ずるところとなり、収容所は辛い苛酷な作業ノルマの受諾となっていくのである。兵の死亡の多くなるのもこの頃から命令遵法の軍律を悪く使ったことだったといえる。将校も辛い立場だったと思う……。間違えば兵が暴動を起こすからで、押さえるのに精一杯だったと思うのである。

全員庭に集合、装具を持って整列。所持品検査である。

各自、毛布に所持品を全部並べて出す。馬鹿正直は全部出したのであるが、いち早く貴重品を隠す者、人それぞれで検査が始まった。ソ連兵が沢山出てきた。所長の大佐もいる。サブロー女医もいる。ソ連の兵隊が命じられて良い品物を取り上げていく。時計、万年筆、衣類、一度も着ない服を取り上げられて怒っている者もいた。

第一回目は、貴重品を上手に隠したので助かった……。私もソ連に入ったときはいろいろな品物を隠し持っていたのであるが、皆、物々交換でなくし、本日は米三升、鰹節三本、航空糧秣《りょうまつ》と満州紙幣それに貴重品等である。私の品を見ていた兵はめぼしい物がないので鰹節を見つけて、「何か」と聞いた。通訳が、「カツオブシ」と答えると、何が可笑しいのか笑って行ってしまった。何も取られずに済んだ。取られた奴は気の毒で、ピストルも軍刀も没収された。第一回の物品没収は終わる。

宿舎に帰り早速、日の丸の旗を「ペーチカ」[※2]で燃す。内地まで持って帰りたかったが残念である。記念となる物は何もなくなった。

遊んでいても腹は空く。食事が段々詰められて量が少なくなってくる。兵糧攻めである。物々交換が始まる。石鹸一個でパン半斤というように、股襦袢、股下でパン一個とい

没収

うように、物品が段々とパンやジャガイモ、酒、砂糖、煙草と変わっていく。物のある奴は良かったが、ない奴は気の毒であった。

寒い日だ……零下のことだろう、もう冬で庭は雪が十センチほど堅く踏み固めてある。溶けることもないほどの寒さである。

全員集合、第二回目の装具検査である。必要品以外は全部取り上げられた。米もである。一度も着ない下着類まで没収された。ひどいもので予備もない、皆着たきり雀とされる。私も同様裸である。物々交換がこのような形で返ってきたようだ。貴重品と銀製品は股ぐらに隠していたので助かった。銀製品は思い出の品で、私が南満から北満へ移動したとき、新京の満鉄食堂で無理して買ったもので、当時入手は困難であったと記憶している。銀色の光とあまりの美しさに惹かれて得たものであった。その時のウェイトレスが日本語の実に上手な人であったことも忘れられない思い出である。このような思い出のある品もロシア人に取り上げられる日が来たのである。実に残念である。

第三回目の所持品検査のとき、誰かの密告で隠しきれずに、サブロー女医に没収されたのである。甘い汁を吸った奴がいたはずであった。

シベリアで私の大切な思い出の品は皆なくなった。これから本当の辛い捕虜生活が始まるのである。

※1　小さな箱形の革かばん　※2　暖炉兼オーブン

建設工事

私たちは毎日空腹で困るようになってきた。パンと交換する物もなく、配給される食糧ではあまりに少量で、一日我慢できなくなってきたのである。

そのようなある日、身上調査が行われた。私は建築技術者であることを強く自己主張したのである。それと同時に民間人であることも付け加えた。それが幸いしたのかどうかは分からないが、私はエンジニアとして登録されたのである。

造船所改築工事五カ年計画の一部施工に従事させられたのである。作業事務所に連れて行かれ、図面を見せられた。通訳の分かるかとの問いに、分かると答えると、これからこれを作るのだから、君が主になって作業を進めるようにということで話が進んだ。

図面は基礎工事の設計図である。埜人生建設会社ができたのである。土木工事から始めることになる。作業員の確保、割振りが出来上がって、いよいよ明日から作業である。ソ連側の監督はチルネフ「黒シューバー」[※1]の男で大人しい紳士である。モスクワ大学建築科卒のエンジニアでいろいろ通訳を通して話をするが、兵隊と違って技術者に共通するものがあり、すぐに友人となる。

基礎工事に着手するのであるが、シベリアは永久凍結地まで掘り下げないと不同沈下が起きて、建物が破壊してしまうので、この建物も永久凍結地まで掘り下げることになる。一つの基礎の根伐は、四人が一組となり、穴の大きさは大体同

ラボータ（穴掘り）

じで、深さは十五メートル位掘り下げると永久凍結地が出る。スコップとツルハシが皆に渡される。地縄を張り、位置を決めて、四人一組の兵を割り当てる。何日位で掘ればよいのか、ノルマに追われて仕上げるのである。

施工の時季は、秋から冬にかけて掘り、春にコンクリートの打ち込みが予定された。監督の私にも穴が一つ割り当てられて驚く。根伐は、始めのうちは表土なので掘るのが楽で、皆張りきって掘り進める。一日で二メートル位掘って、ノルマ三百パーセント位の出来高の者も出る。二日目、三日目と深くなるにつれて堅くなり、掘るのが大変になる。十メートル近くなると、掘った土の搬出に時間が掛かり、段々とノルマに追われるようになって百パーセントも掘れなくなる。

私も深くなり、寒さが身にしみてこたえるようになると穴の中では焚火して凍った土を溶かして掘り進むようになる。石炭を盗んで燃やし、中毒になる兵も出る始末である。この頃になると毎日のノルマが深さ三十センチメートル×四メートル×四メートルで、四人の一日のノルマとなる。凍った砂利層を掘るのは辛いことで、ツルハシの先から火花が飛び、苦しくなる。掘った土は一度に出せず、中段に撥ね上げてから外に出すようになるので、穴を掘る者一名、中段に一名、上部の外に一名と配置して作業が進むのである。穴の中の者は火を焚いての作業であるから汗をかいているが、中段は煙に巻かれて顔など真っ黒くしての力闘である。穴の中で作業する者は、何といっても楽な方で、穴の上の外部の者は、零下二十度位で、寒さにさらされて大変である。下から土が上がってこないときは足踏みして我慢するのである。二時間位で交代するのだが、外に出るのが嫌になる。

この頃になると、また物々交換がよく行われたのである。穴の底にはロシア人の看守も入ってこないからであるが、何処に今まで隠し持っていたのか、いろいろな品物が出てきたのである。穴も十四メートル位掘ると、凍結で堅く、掘っても思うように進まなくなる。兵隊も要領を覚えて毎日計る場所の一部だけを一日掛かりで掘り、ノルマを満たすようになる。一か所で石炭を焚き暖めて、三十センチメートル掘り、計らせるのである。十五メートル掘れば「ＯＫ」で、底が多少デコボコでもよいのである。

このようにして掘り下げた穴に、コンクリートを流し込んで、平らにして基礎工事は進められていく。

次は鉄筋工事であるが、我々のように力のない者は鉄のように重い物を相手の作業は楽なことではなかった。加工と組立が毎日のノルマで攻め立てられる。一日の決定された仕事量を片付けないと、八十パーセント以下にされ、一日の食事量が減らされるのである。

柱、梁の配筋図を見せられて寸法に従って加工するのであるが、またも分かるかと図面を見せられる。図面は日本の設計図と同じようなもので、説明書がロシア語で書いてある。他は同じ数字が書いてあるので分からないことはない。十六φ《ファイ》以下の鉄筋の加工はあまり力もいらずできるが、太い鉄筋の加工は大変である。太い鉄筋は一部を焼いて曲げるようになる。冬の作業は火の端で行うのだから、暖かくて楽だが、夏の日の作業は苦しいものである。

機材運搬、切断、折り曲げ、組立、すべてがノルマに加算されて百パーセントという値が出るのである。我々には百パーセント達成は高嶺の花で、力のない者にはできない望みであった。毎日毎日が空腹を抱えての「ラボータ」である。

私は次に煉瓦製造工事の作業に従事する。何処から運んでくるのか大変な量の粘土がトラックで運び込まれた。煉瓦を作るのだということで、我々は今日から泥に汚れて土捏ねである。子どもの頃の泥んこ遊びを思い出して、皆嬉々として捏ねている。足も使いようによっては手よりも使えるもので、適当な堅さに踏んで作り出す。型に入れて煉瓦の元を作る。太陽にあてて乾かし、後で窯に入れて焼き上げ、素焼き煉瓦になる。山のように積み上げた乾煉瓦を登窯に入れて焼くのであるが、今のところは乾煉瓦の製作である。

今日は出来上がった煉瓦を受け取りに駅まで行く。長い貨車に煉瓦が積まれて駐車している。一日掛かって下ろす。野積みにしておくそうだ。何時《いつ》か我々が使うのだろう。一度に五枚ほど積んで持ち、順番に積んで並べる。煉瓦に文字が書いてある。釘のようなもので書いたのだろう……、東京横山、栃木佐藤、今日は元気等々いろいろの文字が出てきた。日本人捕虜が何処かで焼いて送ってきたものと懐かしく見る。我々が作っている煉瓦も出来上がると同じように何処かに送られて、誰かの目に止まるのではないかと思い、明日からの煉瓦作りは名前入りとすることに、皆同意して笑いだす。他所の収容所の捕虜との文通に煉瓦が使われるとは、ロシア人も知らないだろう。疲れて辛い煉瓦の積み下ろしも楽しくなったが能率は悪くなる。いろいろなことが書いてある。望郷は誰も同じだが、悪戯書きも相当あり、楽しめるものまで出てくる。恋人の名もあれば、奥さんの名もある。子どものことも書いてある。はっ！とさせられるような春画もある。煉瓦に書いた芸術、この煉瓦が積まれてできる工場はどんな建物なのだろうか。我々の焼いた煉瓦もこのようにしてソ連全土に流れていくのだろうか……。何処かで誰かが手に取って、楽しんでくれるのかと製造する楽しさで一杯になる。嫌がらず笑い声が聞こえてくるのである。

トルコ人と称するザイノーリンが見回りに来た。彼は政治犯でシベリアに流刑されてきたのだそうである。愉快な男で、小さな声で、「スターリン」、「ニイハラショ」[※2]とよく話していた。故郷には妻と娘がいるそうであるが、今頃はだれか良い男と生活しているだろうと淋しい顔をしていた。本人も、今はシベリアで結婚して子どもが一人いるそうだから、お互い様だと笑っていた。結婚も、離婚も簡単なのに驚く。我々が書いた落書きを見ても怒りもせず、自分も漫画を描いて喜んでいる。作っては書く、この頃の作業が一番楽しかったように思われる。

煉瓦焼

相当数の煉瓦ができて野積みされているが、これから窯に入れて焼く土煉瓦である。一雨降ると溶けてなくなる代物で、急いで窯作りに掛かる。

ザイノーリンの指揮のもと、大きな煉瓦焼窯作りが始まった。言われるとおりに作るのであるから、今考えてみてもどのように作り上げたのか工程が思い出せない。運ばれてきた煉瓦を使って、一生懸命に作った記憶がある。

我々が毎日乾燥煉瓦の製作に取り組んでいる頃、元気のよい人たちは山で伐採作業に従事していたのだ。この作業はとても辛い作業だと後で聞かされたのである。また、今一つ苦しい作業に鉄道新設工事があったが、私はこれにも関係しなかった。炭坑で石炭掘りも落盤等で死者が出たと後で話を聞き涙を出したものである。

毎日毎日、乾燥煉瓦の運搬に追われる。雪の降り注ぐ煉瓦製作場で、今夜窯に火入れである。ザイノーリンが皮の「シューバー」を着て出てきた。煉瓦の窯は十二個ある。一回にどのくらい焼けるのか考えてもみないが見事なものである。一つずつに火が入り、煙が昇る。太い木がくべられ、どんどん燃える。我々は薪の運搬と燃やし方である。背中は冷え冷えとしているが前の方は暖かである。一窯焼くのに何日位掛かったか忘れてしまったが徹夜で燃やし続けたものである。闇夜に雪の降る中で火に手をかざして語り明かすのも楽しいことであった。

今日は煉瓦の窯出しの日である。窯の出入口が取り除かれて中を見ると、上手に積まれた煉瓦が赤黒く焼けて見える。熱気が噴き出している。中に入ることはできそうにもない。良く仕上がっているかどうか楽しみである。次々と出入口を取り除く。どの窯も中は赤黒い焼きたての煉瓦である。手に持つと、まだ熱さの残る煉瓦を取り出して外に積む。

外は雪、寒さが首筋を吹き抜けるが、窯の中は何とも暖かなことか、汗が出るほど熱気が残っている。煉瓦の搬出作業は順調に進む。焼けそこなった物も中にはあるが、取り出して嬉しいのは落書きが皆よく表われていることだ。悪戯書き煉瓦が外に積まれていく。大変な数の品が出てくる。五カ年計画の工場建設に使用される煉瓦で積むときにきっと驚くことだろう。焼きあがった煉瓦の山を横目に見て、我々はまた次の作業のため、一時収容所に帰る。

寒さは辛いが、力仕事でなかったこの作業は火の端のため、楽で楽しいことだったと思う。

※1　コート　　※2　まあよい

突撃一番

私は煉瓦造り作業の後、収容所に帰り、造船所で大工の仕事に従事する。鋸《のこぎり》、鉋《かんな》は日本と使い勝手が反対で、始めのうちは上手に使えず困ったものである。仕事は大雑把で体裁はどうでもよく、形ができていれば「ＯＫ」であった。

昼食後の休みに、一人の捕虜を囲んでロシアマダムが数人、ロシア男性も混じって大笑いしている。昼下がりの一番楽しい時間である。捕虜も働くときは労働者として一般市民と同等の扱いを受ける。男も女も我々に対して仲良く仕事をする。力仕事は、男女とも彼らのほうが優位であるが、頭を使う仕事は我々のほうが優れている。彼らの自慢は学校を出たことで、我々と接しているロシア人は大体小学校卒であるが、頭が余り良くない。それでも学校に通った事は自慢にできるようである。この国では、頭の良い者は国費で大学まで出してくれるようである。今、我々が付き合っている人たちはよくて小学校卒、中には学校に全然行かない者もいる。読み書きのできない人が多い。頭の悪い者は子供の頃から労働者にされるということである。だが、気持ちの良い人たちである。

突撃一番

工場の幹部は大体共産党員であるが、労働者は皆党員ではないようであり、労働者は一部の幹部指導者に指導されているに過ぎない。共産党員には、なかなか成《な》れないようであり、皆が余り良く思っていない様子である。密告が怖いのかもしれない。仲良く作業をしていると、ロシア人は人が良いので個人的には憎めない人たちである。

マダムたちに囲まれた兵隊が手に何か持っている。周りのマダムはそれが欲しいらしく手を出して騒いでいる。男のロシア人も手を出している。何だろうと側まで行くと、マダムたちがお前も持っているかと指を差す。

よく見ると「突撃一番」である。

私も沢山ではないが持っている。貴重品を水から守るため袋にするので、兵隊には大事な所持品の一つなのである。

「持っている。」と答えると、一つくれと手を出す。

「何に使うのか。」と聞くと、頬を赤くして俯いてしまった。

「あっ!」そうかと思ったが後の祭りである。マダムたちは日本女性と違って、助平である。いけないことを聞いたものだと慌てて一個手に握らせてやった。彼女の目が潤んできていたので、早々に仕事場に逃げた。マダムたちに囲まれた兵隊も幾つかの品物を彼女たちに渡してその場を逃げたようである。

なぜ、ゴム製品をあんなに欲しがるのか不思議に思えた。人気の出た「突撃一番」に値が付いた。大変である。女より男が欲しがり出して物々交換が始まった。私は刃物を取り上げられて不便で困っていたので、マダムに話して小刀が欲しいと言うと、立派な小刀を持ってきてくれた。切れ味も良くうれしかった。お礼に突撃一番を渡すと、赤くなりながら喜んでいた。後で欲しい物があったら言えと話していた。どうも男がいるようである。この小刀が捕虜生活中に大変役に立ち、白樺で箸、箸箱、スプーン、フォーク、パイプ、皆この小刀で作り、用を達してくれたのである。「突撃一番」の価値は、物々交換ばかりでなく、兵隊の中には良い思いをする者もいたようで、「ダモイ」のときに泣くことになる者まで出るのであるが、今のところは楽しさと笑いで過ごされていた。彼は数ダースのゴム製品を持ち、我々の仲間では影の英雄であった。マダムたちの良きパートナーに選ばれたようである。彼女たちに連れられて一刻の楽しみを味わったようで、毎日が楽しくてたまらない様子であった。旨い物が腹いっぱい食べられる彼の体力は、我々には到底及ばない立派な体であった。もちろん持ち物もロシア人に引けを取らないほどである。歌も上手で美声の持ち主であり、歌わすと一日中でも歌っていた。歌の数も多く知っていて、この点もマダムたちの人気者であった。

夕食後の洗脳の時間である。眠い目を擦りながら政治部員の話を聞いていると彼が急に話を変えた。今日は別な話であるがと前置きして、聞くようにと言って話し出した。

日本兵の一人がロシア娘と恋に落ち、愛の結晶ができたという話である。皆がどんな気持ちなのか拍手した。続けて……政治部員は、彼は娘と結婚すべきであると説明した。皆、また拍手である。この拍手が曲者で、今日聞いた全員が彼の結婚に賛成の意思表示となったのである。結婚賛成、彼は可哀想に下を向いてじっとしていた。気の毒なことをしたものである。

翌日、彼は収容所を出て、娘の家へ行った。幸福な日々が彼と娘にあったかどうかは分からないが、「ダモイ」のとき、彼が彼女と来ていたが子供は見なかった。彼の寂しそうな顔、目に涙があった。今はどうしているか幸福なことだろうと祈るのである。

「突撃一番」、罪な品物であった。

ライオン粉歯磨きと娘

大工仕事も少しは上手になり、ロシア人たちとも毎日楽しく仕事ができるようになる。昼休みの時間は事務所に集まって、若い娘たちをからかうほどの余裕もできる。皆が集まっていると、「痛いか……」若い娘が足を出して見せている。化膿して膿が出ていて、痛むのか静かに動かしている。大きく腫れて、見ていても胸のあたりが変になる。こんなになるまでは相当に痛んだことと娘の我慢強さに感心する。病気は何なのか、端にいたロシア人が笑いながら、良いことの遊び過ぎだと話している。娘も笑って反発しない。やはり、遊び過ぎか、梅毒の表れかなと端を離れる。

可愛い顔で大人しそうだが、酷い病気に罹ったものだと離れて彼女の姿を見る。まだ、男遊びする年頃でもなさそうだが、この道ばかりは分からないものだと他の娘たちを見る。驚いたことによく見ると、娘もマダムも何処かに化膿した腫れものができていて痛そうである。顔にできている者は一人もいない。虫に刺されて膿んだのかとも思えるが、ロシア人の言うように梅毒なのかもしれない。目の前に梅毒のような症状が見られると警戒が必要だ。どんな人たちなのかと恐ろしくなる。病原を持っていて、平気で皆の中で働き、誰も苦にしない。病気に対する認識がないのか、医療施設の不備がそうさせているのか彼女等と共に働くのが怖くなる。

今日も病気の彼女たちが来ている。話は売春のようである。社会主義の国に売春がある。政治部員から聞いていないことであるが、愉快に話している。昨夜の遊び相手のことのようで、兵隊を相手にした様子を身振りでよく話すのである。我々も釣り込まれて笑いだす。手、足、身体の動かし方までして、言葉以上の話が伝わってくる。彼女たちがお前もどうかと手振りで話しかけてくる。ロシア人が調子に乗って、隣の部屋が空いているから行けと囃す。友人をからかうように大笑いする。彼女が顔をしかめて痛みに耐えている。よほど痛むようだ。男も他の女たちも心配している。薬があるかと聞くが、我々が持っているはずもなく気の毒に思うが、見ているより仕方のないことであった。

あまり苦しむのでこれでも塗ったらと、「ライオン粉歯磨き」を出す。袋に入った粉末で、水虫に困ったときに使い、良くなったことを思い出したのである。一袋を差し出すと、彼女はとても喜んだ。痛いが膿をよく絞り出してから塗るように話す。彼女ばかりか男たちも私に礼を言っていた。冗談を言い合っていても心配なのだろう。皆気持ちの良い人たちである。

作業に追われ、時間に追われて、一日が過ぎる。帰りの整列で並んでいると、男も女も通り過ぎながら手を振っていた。喜んでいるのかなと思い、収容所に帰る。「ライオン粉歯磨き」が病気に効くかどうかは分からないが、口中に入れても腹に飲み込んでも毒ではないことは確かである。インキンと水虫には良く効くので軍隊にいたとき使用したものである。化膿に効くかどうかは心配であるが、効いてくれるとよいと思った。

今日から六日間、休みなく「ラボータ」が続く。雨の日も、雪の日も、風の日もだ。屋外作業なので嫌になる。屋内作業の奴が羨ましい。外は雨、雨宿りのつもりで入った事務所だが、今日一日中待機のようだ。娘たちが走りこんできた。部屋の中は賑やかになる。大声の話声は例の口の悪いロシア人だ。皆をからかい笑わしている。粉歯磨きをあげた娘は来ていない。どうしたのかと思っていると、年上の女が、あの娘は足が良くなったと言ってくれた。今日は他所に作業に行ってここには来ないが、痛みもとれて元気だと話してくれた。良かったと思っているとその女も薬をくれと手を出して、化膿して腫れた所を見せるのである。尻近くに大きくできていて座るのに痛いと話している。恥ずかしがる様子もなく白い尻が見えるようにスカートを捲る。ノーパンである。あまりの事に驚くが、ロシアの男はニヤニヤと笑っている。我々はギョッ!としたように見つめる。白い大きな尻が目に残る。

粉歯磨きは一袋、彼女の手に握られてしまった。彼女は後でパンを持ってくると言って雨の外に飛んで出て行った。

「ライオン粉歯磨き」の成分は分からないが使い様によっては使えるものだと思って、それから以降は大事に使わせてもらった。

最初の娘が出てきた。足の腫れものはきれいに治って元気がよい。私の端に来て礼を言っていた。彼女の話だと、膿を出すのに痛くて泣いたと言っていたが、後で薬を付けたらよくなったので、嬉しかったと話している。可愛い娘である。まだ無邪気でロシア人の男を嫌っていた。

何人かの化膿した人たちに、膿を出して粉歯磨きを塗ることを教えてきたが、皆良くなったのに驚いた。そして感謝されたのである。ロシア娘も年頃になると色気が出る。化粧をしたい様子であるが、材料がなかなか手に入らないようだ。白粉を付け、口に紅を差したいようだが……色白で整った顔の娘たちがどうしてそんなに美しく成りたいのかその気持ちが分からない。白粉の代わりにするのだから粉歯磨きをくれと手を出す。悪戯も手伝って、持ってきてやると約束する。彼女は当日パンを一本持ってきた。よほど白粉が欲しかったようである。それに卵、肉を持ってきている。毒かどうか分からないが少量を渡すと躍り上がって喜んだ。そっと隠れて化粧をどうするのか、また出来上がりはどうか楽しみにして待つ。真っ白な粉の化け物が口を赤く染めて出てきた。皆がしばらく息をのむ。あまりの変り方にびっくりする。誰も褒めてくれず異様なものを見る目だったので気が付いたようだ。明るい所で見た自分の顔に、彼女は泣きだした。皆が初めて笑いだして部屋中大騒ぎになる。誰か直してやればと思って見ているが、誰も手を出さず笑い転げるだけである。私も大笑いするがあまりにも気の毒であった。年老いたマダムがそっと彼女を呼んで静かに直してやると彼女は涙を出して、じっとしている。

美人だ……。ロシア娘が化粧するとこんなに美人に変わるのかと驚く。ロシア男が手を叩いて彼女をからかった。恥ずかしそうに俯いて今日は彼氏とデートだと言った。美しくなれて、彼女も彼氏も幸せなことと羨む。

日本に帰れても、恋する人も、愛する人もいない捕虜の我が身が心淋しく思われた。だが、一日も早く帰りたい……日本に……。

盗み

隊列を組んで疲れた身体で工場から収容所に帰る途中の道路で、脇の畑を見ると、羊が一匹遊んでいた。一人の兵が飛び出して捕え、列の中に連れ込む。悪戯である。羊は人懐っこいのか驚きもしないで付いてくる。ソ連兵の看守も気づいていない様子だ。門の中に連れてきた。もう、我々の所有物である。可愛いので庭で兵隊と戯れている。寒いので、一人去り、二人去りして、羊だけが遊んでいる。闇が辺りを包んで暗くなってきた。ふと気が付くと羊の姿が見当たらなくなった。誰かが兵舎に入れたものと思い、気にせずにいたのだが、翌日、大騒ぎになるとは思いもよらなかった。

夜、兵舎の中に連れてきた羊を殺し、食べてしまう話が進んでいた。我々は、見物に回ったので、大人しい羊を殺さずに逃がしてやれと勧める。両論が夜が更けるまで決まらず、折り合いもつかずに過ぎる。今夜のところは庭に放して、明日、逃げずにいたら料理しようと寝る。羊は庭に出されて一命が助かる。

作業に行く者が集まり、点呼を取っていると、政治部員が顔色を変えて走ってきた。昨日、村人から羊を一匹盗まれたと届け出があり、村中で探しているということだ。羊を連れてこなかったかと、皆の顔色を見ている。

全員庭に出されて宿舎の内部検査が始まった。一時間探したが、羊は出てこなかった。我々はほっとして、胸を撫で下ろしたのである。解散と言われて宿舎に戻ったが、羊が何処に隠れたのか、隠されたのか分からなかった。誰が、何処に、大きな羊を隠していたのか夕方になった頃、羊がのこのこ出てきた。

皆して、またどうするかの相談である。殺そうということで相談はまとまる。

宿舎の中の「ペーチカ」に石炭がくべられ真っ赤に燃える。大きな玄翁《※ゲンノウ》が持ち出され……、羊の脳天に一発、強いもので知らん顔である。もう一発……力のある奴が力一杯殴る。羊も参ったのか、ことんと横倒れになった。解体である。物々交換で得たナイフが、このような時に役立つとは思いもしなかったことであるが、素早く処理する。不必要なものは総て「ペーチカ」で燃やす。処理は早いもので急げ急げで、綺麗な肉の塊となった。一匹の羊から、肉は沢山取れなかった。皆、がっかりする。苦労に対して報いは少なかったのである。細かにされて分配される。それでも飯盒《ごう》に一つの割当を貰う。羊の生血が取ってあるが、誰か飲まないかと声が掛かった。少しずつ貰って飲むが、あまり美味しいものではない。塩気のある乳幼児のにおいがする。残りは煮て食べた。

羊を盗まれたロシア人には気の毒だが、捕虜の腹を満たしてくれたのだから、感謝して礼を言いながら羊の成仏を念じる。我々の活力の一助となったが、可哀想だという思いは起きなかった。

人の心は環境に左右されるものだとつくづく思うのであった。


朝五時、集合が掛かる。防寒装備で、皆、庭に出てきた。冬の作業で、石炭の積み降ろしと岩塩の積み込みは嫌な作業である。今朝は零下三十五度、吐く息が白く見える。薄暗い中で整列、駅に向かって行進する。駅には誰もいない。我々捕虜だけがスコップを持って足踏みしている。寒さがじわっと身にしみてくる。防寒靴を通して足先から冷たさが這い上がってくる。手も指先が痛くなり、感じが鈍くなる。凍傷が始まっているのである。我慢も時間の問題で、急ぎ凍傷防止に掛かる。手を擦り合わせて血行を良くする。足も同様で、足踏みして堪える。この時の痛さは胸にじ～んと伝わる。痛さを堪えて凍傷から逃れる。

貨車一台に兵が三人一組で石炭の降ろし作業が始まる。日本人の悪い癖で競争意識が働く。他の貨車に負けぬよう夢中になって降ろす。寒さに堪らず身体を動かす。暖まってきて汗が出る。防寒外套が重くなり脱ぎ捨てる。日本人の良いところをロシア人は悪用しているが気付かずに夢中になる。馬鹿なことだと思うが釣り込まれて夢中で降ろす。ノルマの作業が終わる頃、東の空が明るくなる。早朝の一働きで今日一日は休みである。捕虜は転んでもただでは起きない。皆石炭を盗み持つ。山になるほど集まった。一週間位は困らないようである。不思議に思うことは、看守のソ連兵が見ていても怒らないで、笑っていることである。

一度作業時間が狂ってしまうと、当分の間、正常な「ラボータ」の時間に戻れない。昼間寝て、夕方から作業に出るようになる。夜間作業のお陰で、一冬中の石炭を盗むことができた。盗みも正当化されるのである。

集合が掛かる。夕食もそこそこに整列する。作業は何か話がない。何処で、何の作業か黙々として闇の中を歩く。駅に行く道と違っている。農場である。

ジャガイモの採入れの終わった後なので、その積み出しか、整理かどちらかである。火の使える作業ではないので寒いことである。

ジャガイモの貯蔵作業だ。来年収穫までの貯蔵である。貨車から倉庫まで運び込むのだが、早く終われば、それだけ早く帰れるので無理が続く。ソ連兵は何処へ行ったのか姿が見えない。腹が空いてきたので、生のいもをかじる。日本のジャガイモと違って、イゴイゴくない。甘くサツマイモのように感じる。

夜の明ける頃に作業は終わる……これからいもの盗みにかかるのだ。皆少しずつのいもを袋に詰めて、股ぐらに下げる者、「シューバー」のポケットを破って表地と裏地の間に隠す者、ズボンの中に詰める者等皆考えて隠す。

一時間近くも歩いて帰るのだから疲れること、また歩きにくいことで大変である。役得とでもいうのか大っぴらの盗みである。

盗んだ量が自慢話になるのである。

※トンカチ

洗脳

ソ連に抑留されてどの位過ぎたのか、寒さにどうやら耐えられるようになった頃、この収容所でも二割から三割の兵隊が死んだ。大体が栄養失調である。作業も苦しいが食糧の悪いのも原因の一つである。戦勝国のソ連の国民の姿を見ても、我々の姿よりも悪い格好の人もいる。このような状態では、我々捕虜に十分な食糧なぞ与えられるものではない。捕虜として覚悟はできていても、多数の死者が出るとロシア人を恨むのである。

このようなときに、政治部員というデコ少尉が配属されてきた。彼が収容所に姿を出してから、収容所の様子が変わっていくのである。軍隊の姿そのままの編成であった形が、取り壊されてデモクラシーの考えが台頭する。そして、一部不穏な空気が見られるようになるのである。兵隊の移動も、他の収容所から来る者、この収容所から出る者と激しくなる。

一日の作業を終えて帰ってくると、夕食後三時間位洗脳が始まる。毎夜寝るのは十一時頃となる。帝国主義、軍国主義のコチコチ頭に、社会主義、共産主義の思想を叩き込むのだから、生易しい教え方ではない。震えながら聞き、実践させられるのは辛いものである。一つのブロックを作

洗脳

り、段々とその輪を広げていく。誰も始めは笑って相手にしない。政治部員一派が専横を極めていた。また「英雄」という制度を作り出して、作業にノルマを決め、労働を強化されていたのもこの頃からと思われる。

「働かざる者、食うべからず」

働いてノルマを上げた者は、「英雄」として賞賛する。食べ物で釣られ、皆一生懸命に働く。我々のように体力のない者は、何時《いつ》も八十パーセント以下の、お余り的食べ物が支給されるのである。富士山弁当が食べたかった。

右図は、ノルマによる飯の配給図だ。八十パーセント以下は飯盒の中子に八分目が支給される。一日これで働くのである。この他に黒パン一切れ、砂糖匙一杯、スープ飯盒半分、魚は大きくても小さくても一匹、これが一日の量で、これを三等分して食べるのである。

食糧の配分を基礎として、段々に「ラボータ」と社会主義、共産主義を教え込まれていったのである。学歴の高い者ほど順応度が高く、社会主義を理解していくようである。農村出身者の低学歴の人たちは何時《いつ》までも理解できずに苦しんでいた。働いても貧しい姿のロシア人を見ていては、疑問に思うことが多すぎるのだ。洗脳されたように見せかけ、生き抜くように努力する。偽社会主義遵奉者となる。生きるために自分を偽り続けるのは苦しいものであった。

洗脳の成果が段々と表れてきた頃に、収容所内にも娯楽が考えられてきた。演劇班が編成され、楽団が作られた。称して青空楽団である。楽器は各々が考えて持ち寄り、ロシア人からはギター等が貸し出されたので曲がりなりにも楽団演奏ができた。私も駆り出されて舞台に立たされたのである。辛い面もあるが、楽しい笑いも出るようになったのであった。

花笠音頭が奏でられ、皆がいろいろの物を手に持って、庭一杯に輪になって踊る。衣装はど

青空楽団

こから持ち出したのか赤い長襦袢があり、絹の着物もある。色とりどりで美しい。着た者が、故郷の娘を思い出したと泣いている。望郷は誰も心の隅にあって、ときどき思い出されるが涙となるのである。

祝日が来たときは、「ラボータ」は休みである。この制度もやっと勝ち取ったもので以前はなかった。今日は何の祝日か分からないが、しるこが配給された。初めに早々に貰った者は汁だけだったが、後の者は小豆だけが支給された。不公平なようだがしるこなぞ食べられる物ではないので皆大喜びである。

物々交換で得た「ウォッカ」を少しずつ舐めながら酔い、歌を唄う。捕虜の我々にも苦しい悲しい涙と楽しき笑いがある。今日は一日中楽しき笑いが止まらない。

「明日はお発ちか、お名残惜しや……」

いつ「ダモイ」ができることやら、夏の夜空に瞬く星に、じっと見入るのである。

思い出

寒い……手も足も凍るようで、鼻の頭が白くなってくる。耳の先が痛い。ここも凍傷が起き始めたようだ。忙しくなる、足踏み、手の擦り、鼻耳の擦り、急がないと凍傷で崩れてしまう。作業に行くための整列で、この苦しみだ。屋外作業は実に身体に堪える。零下五十度になれば、外の作業は取り止めであるが、今日はまだ四十度位か取止めの命令が出ない。

日の出である。今が一番寒いのに……空を眺めて取止め命令の出ることを祈る。白い粉が降っている。寒さがひどいので空気の水分が凍るのだ。白い粉が降っているように見える。

五列に並んで作業場に行き、岩場で岩石を採る。何に使用するのか分からないが、山を崩して貨車に積む。土木工事で身体が疲れる。作業中は看守もいないので適当だが、遊ぶわけにはいかない。身体を動かしていないと寒さが身にしみて手足の先が痛みだす。凍傷との戦いと作業とで参る。動いていないと寒い、何かをしていれば寒さは凌げるが休むことはできない。

身体の弱い者は一週間もすると発熱する。私も同様で悪感が走り、四十度近い熱が出た。申し出て医務室に行くと熱を計ってその日は作業なし。毛布にくるまって一日中寝る。疲労から出る熱なので、休むと下がるが他に何か原因があるのだろうが……。我々にはそのくらいに考えていて熱が出ると休むことができた。腹痛や頭痛は病気として取り上げてくれない。熱が出て、はじめて病人と判定してくれるのだ。機械は、熱が出ると止めて休ませ、冷えるとまた使う。人間の我々も機械同様の扱いを受けたのであった。

今日は風がある。体感温度は風速一メートルでマイナス一度だ。十メートルも吹けば、マイナス十度が体感温度となる。今朝はマイナス五十度、一日中屋外作業は取り止め、毛布にくるまってゆっくりと休む。寝ること以外にすることがないのである。夕食後の洗脳が、今日は昼間からで、食堂に集合がかかる。またかと嫌々ながら出席するが、出たからといっても食事が良くなるわけでもないが、「ダモイ」が早いという話にひかれて出席である。政治部員の目に付かない、「ペーチカ」の脇に場所を陣取る。その上暖かだ。

今日も社会主義の良いところを話してくれた。居眠りが出る。自国の内情を捕虜の我々に見られているのに、彼は一生懸命に良いところを説く。立派なもので理想に近い。何も考えていないのだから、どのように上手に話されても、馬の耳に念仏で、質問もない。眠くなる。腰が痛くなる。大きな欠伸《あくび》も出る。だが作業よりも楽であり、我慢して講義を聞く。

一日が終わった。明日も今日と同じだと有りがたいなと話していると、名を呼ばれた。この頃、一人、二人と少人数で密かに収容所を出ていく者がいたが、誰もがラボーターか「ダモイ」かを気にしている。私もその一人だが、急に皆の前で名を呼ばれて驚いた。皆の目が一斉に集まる。何ともいえない雰囲気が出来上がる。喜んでよいのか、悲しんでよいのか、前に出た者は誰も帰ってこない。「ダモイ」と皆思っているのである。私もそのように信じたいのだった。

早朝、皆が起きてこないうちに毛布と飯盒を持って外に出る。荷物は盗られたり、物々交換でなくなっていたので、これだけの身軽な姿である。凍てついた大地は、まだ眠っている。ソ連兵が来た。将校である。彼も寒そうに首をすくめていた。何処に行くのかと聞くと、彼が笑いながら「町までだ」と言う。

作業に転属は少しおかしいと思ったが、彼の言うとおりに付いていく。将校の彼は歩きながら話をした。日本軍はどうしてソ連に攻め込まなかったのかと……。疑問に思っていた。そして独ソ戦のとき、日本軍がシベリア方面に攻め込めば勝ったであろうにと馬鹿だったなと笑った。そして、我々はそれを待っていたのだと話した。何故と……、聞いたが笑って答えなかった。

町に着いた。宿舎なのか、兵舎なのか、あまり上等でない建物に連れてこられた。今日から「ダモイ」まで、ここで当番兵のような仕事をやれというのである。将校宿舎のようで、先に出た仲間も何処かで「ダモイ」まで、このような仕事をやらされているのかと、そして最後まで使うなと思った。

独身将校の宿舎らしく、一応、内部は整理されていて、年老いたソ連兵に紹介され、下働きをさせられたのである。小さな一部屋をもらう。木の寝台が一つあるだけ、後に暗い電球が一つ、窓が一か所、鉄格子が外に入っている。獄舎のような薄暗い部屋だ。交替の来るまでここで生活する。仕事は楽で、彼らの出た後、部屋の掃除と「ペーチカ」の石炭くべと、容器に石炭を用意すればよく、食事等、彼らは勝手に何処かで食べてくる。ここは寝るだけの場所のようであり、私の部屋と同じように殺風景なものであった。

私の食事は洗濯を受け持っているロシア娘が作ってくれる。私は給料がないのであるが、彼女は給料があるので、なかなか気前がよく、ときどき珍しい物を食べさせてくれた。老兵と毎日部屋の掃除、それも箒で掃くだけで、石炭を外から運んで「ペーチカ」で燃やし、石炭を用意しておく。あとは、持ってきた食事を食べるだけ、楽で良いと思っていたのも数日で、あまりの単調さにがっかりする。

遊びに行きたいと思っても、外は雪で零下の世界だ。何処の誰が捕虜の私を喜んで迎えてくれるだろうか。一日を過ごすのに苦痛を感じるようになる。

ロシア娘をからかってみても始めのうちこそ面白いが、毎日顔を合わせていては段々と飽きがくる。手を出すわけにもいかず、食べ物が良くなって体力が付くと若い私も困ることができる。

二週間くらい過ぎた頃、将校が来て、彼らは全員転属だと言ってきた。引き払うのも簡単で、朝には全員出て行ったのである。残った私はどうなるのかと心細くなる。後はどうなるのかと心配になって部屋で寝ていると、ロシア娘が食事を持ってきた。肉を油で炒めた物に、スープ、ジャガイモ、野菜もある。今日はどうしたことか、すごい御馳走で、礼を言って食べだすが、彼女は帰ろうとしない。話をしていると、二、三日後に、また違った人が来る様子で、その時、彼女が来るかどうかは分からないそうである。私も同様に、明日の事は何も保証がない。

食事をしながら薄暗い部屋で、若い男と女がいればどうなることか……どちらが先に手を出したのか覚えはないが毛布にくるまったのである。木製の堅い寝台の上で抱き合ってしまったのである。ぞくぞく肌のぬくもりが何時までも消えないように、一度、二度、三度と続けていく……誰もいない宿舎の一室で真昼の行為である……。

終わって静かに見つめ合った目には国境はなく、有るのは裸の男と女である。無言で手を握って別れたが、最後まで印象が残った。私が当番をやめる日まで彼女も来ていたが、後日はどうなったことか……。

後から来た将校には女性もいて、毎晩の騒ぎは賑やかであった。

独ソ戦の最中に日本の攻撃を待っていたというソ連将校は何を考えていたのか、不思議な国である。共産党員にはなかなかなれないものである。

「ダモイ」の集合には、彼女の姿を見ることはなかった。しばらくの間だったが、捕虜にも楽しい思い出が残ったものである。

農作業

シベリアにも春が訪れると、草木が緑に萌えて人々も浮き浮きとしてくる。我々にも季節は同じように分け隔てなく暖かな日射しと風を運んできてくれる。捕虜も自給自足のための農作業を行わなければならない。誰も食べさせてくれないのである。

畑の雪も氷も解けて、土も柔らかくなると来年食べる食糧の確保のために農作業に精を出すようになる。黒土の畑の広いこと、地平線まで続いている。あまりの広さに驚いてしまう。今日から何日かかるのか、この広い黒土にジャガイモの種の植え付け作業に従事するのである。あまりの広さにがっかりしてしまう。働かざる者食うべからずの国で、食うために働く、生産を上げるために働かされるのである。

四人一組のチームが編成され、種いもの俵が何十俵となく自動車で運搬されてきた。その量の多いこと、見ただけでうんざりする。広い畑と積まれた種いもの量に、もう働く意欲がなくなってしまう。

四人一組にスコップ一丁と肥料が一俵渡された。肥料は羊の糞のような丸い粒である。説明があり、縦に並んで前に進むのだが、最初の一人が三十糎《センチ》間隔にスコップで穴を掘る。次の者が羊の糞を一握り穴に落とす、次の者がジャガイモの種を二、三個穴に落とすと、最後の者が足で穴を埋める。この動作を広い畑の中で、いもの種がある限り、毎日続けるのだそうである。

今日は初めてのことで要領の分かるまで何回となく歩かされる。遙か彼方の地平線までがジャガイモの緑の葉で埋まると思うと、その大規模なのに、唯々驚嘆するばかり、広さに驚くと同時に大変な仕事だと思った。

いよいよ作業開始である。ノルマが掛かっているので口なぞきく暇もなく、皆黙々として動き出す。教えられたとおりに五百人位の捕虜が、四人一組で進んでいく。時計の時を刻むように……。

太陽が真上にある。昼の時間であるが、まだ昼食の集合がない。あまり腹が減ったので周りを見ると、皆一箇所に集まっている。昼食だ……我々のグループも急いで皆の所へ行く。いもの焼ける香りが腹にこたえる。種いもを焼いて昼食である。俵が破られ、その上に草や枯れ木が積まれ、焼きいもが始まる。空腹に不味いものなし、とても考えられないほど、口に運び、腹がふくれる。贅沢なもので、腹が満ち足りると、焼き上がったいもには見向きもしない。皆現金なものである。

一日の作業を休みなく働かされた。「五時に帰るから、それまで休んでよい」と言われる。焼き上がったいもを、また食べる者、宿舎に持ち帰る準備をする者、我々も残ったいもを袋に詰めて帰る支度をする。ソ連兵が来て、袋の中を見て、「宿舎に帰って食べてよい」と言う。これから毎日、ひもじい思いをしないで済む。

今日も一日、いもの種植えで、暮れる帰りには、土産に焼いたいもが袋に一杯ある。広々とした畑も、人数と単調な作業で、どうやら終わりが近づいてきたようであるが、段々遠くなる作業場への往復が苦になり出した頃である。いもの種がなくなったのだ。いもを植えれば作業は終わりと思っていたが、肥料と畑の方はまだ残っている。ソ連兵は不思議に思っている様子である。彼等の計算では運搬した種いもでこの畑は十分に間に合う予定であった様子で、実際は不足してしまったのである。どうしたことかと皆考えているようであるが、種いも不足は我々が食べてしまったのである。

このことに気付いた彼等の怒り様は大変なもので、農作業中は休ませてくれず、酷い目に遭うのである。

いもの種植えが終わって、やれやれと思う暇もなく草取り作業が始まる。ノルマは一人百メートルの長い草取りで、一列横隊に並んで、四つん這いの姿で畑の中を前進するのである。シベリアの日中温度は直射日光だともの凄く高い。木陰に入ると涼しいのだが、三十度を超すのは当たり前のことである。汗が乾いて塩が吹き出す。草いきれと直射日光と四つん這いの形の作業は身体にこたえる。毎日毎日が草取り作業に追われる。いい加減な草取りなので、一週間もすれば初めに取った場所はまた草が生えてくる。

その間にジャガイモが大きく育ってゆくのが目に見える。この頃になると名の分からない虫が畑を荒らし始めるのである。今日はキャベツ畑の草取りに行く。いももキャベツも作業は同じで、四つん這いの一日であるが、キャベツの方は葉を少しずつ食べられるので楽しみがある。大きくなったら腹一杯食べてやるぞと精を出す。

朝露踏んで、今日も一日草取り作業、キャベツ畑に来て驚いた。昨日植わっていたキャベツがなくなっているのである。引き抜いて捨てた様に、綺麗に黒土が出ている。それも見渡す限りである。ソ連兵が来て、「やられた」と言って、何処かに駆けて行った。一夜でキャベツ畑がなくなった。どうしたのか訳が分からない。ソ連兵が遠くの方で声を上げて、足で何かを踏み潰している。皆に「来い」と叫んで呼んでいる。駆け足で近づいて驚いた。ソ連兵のいる場所から先に蚕に似た虫が一面に白く、キャベツを食べているのである。その音が、ざあ～ざあ～と聞こえるのである。養蚕場で桑の葉を食べる蚕のあの音なのだ。数など数えられるものではない。その虫が静かに食べる音を立てながら前進していく。その恐ろしいまでの姿に、皆ボーと見守るだけであった。放っておけば数日で畑は全滅で、元の黒土になってしまうことだろう。ソ連兵が枯草や木を集めてこいと言っているが、この広い畑に枯草などあるはずがない。手の施しようもなく一日が過ぎてしまう。鎌とスコップ、それに熊手の様な物を持って集まり、虫のまだ付いていない畑まで走る。そこで進行を止める作戦で、少しばかり刈り取っても駄目なので、十メートル幅位掘り返す。虫のいるキャベツを集めて積み上げ、油をかけて火を付ける。黒煙が舞い上がって炎が舌を出す。虫が黒焦げに焼けて香ばしい臭いを出す。

収容所長が話を聞いて来た。何も言わずに見ている。折角のキャベツも虫害に遭って収穫は相当減った様子である。ソ連兵は愉快な奴らで、「仕方ないさ……」、それで終わりである。虫害の恐ろしさを目の当たりに見て、驚いた次第である。

子どもは誰の子

毎日の作業と毎夜の洗脳で疲れが出てきた。今日は四キロ近い道を歩いて、町の中心にあるアパートが作業場で、珍しく四階建ての鉄筋コンクリート造りの建物で薄暗い汚れた建物だ。どんな人が住んでいるのか気に掛かる。

ザイノーリンが道具を持ってきた。仕事は棚作りである。あまり広い家ではない。台所と居間と寝室一間の家である。今日中に棚を一箇所吊ればよいと、材料と道具を置いて出て行った。三時間もあれば出来る作業なので遊びながらゆっくり作業に掛かる。

隣の人はどんな人が住んでいるのか気に掛かるが、覗くわけにもいかないので気にしながらの仕事である。切ったり、削ったりが終わり、取付けに掛かる。大きな釘で打ち付け、取り付けるのだが、隣との壁はコンクリートではなく木造である。

相棒は大男で、力があり、大きなハンマーで力を入れ、どかんどかんと壁が抜けるように打つ。隣の家で物が落ちる音がする。

棚は付いたが、どうも隣家の物が壊れた様であり、困ったなと思っていると、若い娘が怒ってきた。何を言われても分からない。ただ、頭を下げるだけだ。空き家はこの家だけで、他は全部人が入っている。上から下から苦情が来る。私も相棒も頭の下げっぱなしである。ザイノーリンが様子を見に来て、この様子にびっくり……何事かと娘に聞いているが言葉がさっぱり分からない。ザイノーリンが隣の家を見に行った。我々ものぞきに行く。なかなか綺麗な家である。造りは同じだが、人が住んでいるのといないのとでは、こんなにも違うものかと驚く。綺麗だとほめると娘は嬉しそうにはにかんだ。

明日は彼女の家の修理である。彼女の手料理をご馳走になる。大変美味しく、大きな皿に肉とジャガイモの煮付けが山盛りに出る。遠慮なく食べ、ほめると彼女は喜んでいる。うち解けて友達のようになる。捕虜の我々に何の抵抗も感じないようで仲良くなった。彼女の親も流刑者のようである。

収容所の不味い食事を食べ終えると、今夜も洗脳である。政治部員が社会主義の講義をする。面白かったのは、「金」は将来無用の無価値な金属になるという話で、便所にも自由に使える品物となるという事である。政治部員の理論だとそうなるのだが、人間を廃業でもしない限り、無理というように受け取れた。後で我々仲間で話し合うが、あまりにも良いことずくめで感心するのである。この考えは全国民が労働することで達成できると話す。熱の入った言葉に我々は段々と引き込まれていく。与えられた職業に人々がそれぞれ責任を持って生産を上げればよく、食べたいときは……、着たいときは……、その品物を生産する店に行き、無料で支給を受ければよいと言うのである。それが故に、「金」は不要であると彼は説く。聞いているときは、成る程と思い、何の疑問もなく、立派な良い主義だと感心したものである。

質問が出た。政治部員が得々として話したような社会ができたら、一生懸命汗を出して働く者がいなくなるのではと聞いたが、彼は平然として、働かない者には支給がないというのである。

働かざる者、生きるべからずか……。

男女の関係についても説明があった。女性は何の心配もなく働く事ができるし、子どもは国が面倒を看てくれると言うのである。それも無料で。女は子どもを産む者、男は子種を支給する者で、子は国が育ててくれる。話がとてもうますぎる……だが、男女関係は彼が言うように簡単に割り切れるものなのか。ロシア人は平気なのかも知れない。分かったような、分からないような事で、「金」の不要論を聞いたものだ。

とくに子どもは誰のものか。この問題で、夜の更けるまで論じられた。人の子か、我が子か、国の子か……貴方なら何と答える。日本人なら。

若い女性が一人で棚を吊った家に越してきた。入居者のようである。可愛い顔の子どもが一人いる。愛嬌がある。我々にもニコニコと手を出す。母は農場で働き、子どもは国の保育所に預ける。男がいなくとも子どもは立派に育っている。

昨夜の政治部員の話を実際に見せられたようなもので、これかと思ったのである。これならば、遊んで間違って子どもができても安心だと感心する。この子は大きく成《な》ったときどのように成るのかと考えさせられる。男は種馬で、女は子を産む生き物で、子どもを育てるのは国家で……。さて、この子は誰の子なのか……。

サブロー女医が腹が大きく目立ってきた頃、「腹の子は誰の子」と聞いたら、「お前の子」と言って笑った。日本人の子だろうと言うのである。大笑いしていた。本当かどうかからかわれたのだろう。

強姦か和姦か

日差しの強い良い天気が続く。畑の作物も良く出来て、秋の穫り入れは豊作だ。麦も人の背丈ほどに育っている。

このようなときに笑えない事件が起きた。

戦勝国の将兵が負けた国の婦女子に暴行を加えるという話は聞くが、我々捕虜仲間がロシア婦女子に暴行を加えたという考えられない事があった。

馬鹿馬鹿しい事だと誰も本気で聞く者はいないが、元気な奴もいたものだと感心する。政治部員の注意で、このようなことは二度と起こさないようにとの話であった。

暴行、強姦、本当に出来たのか。農場に作業に行くと、ロシア人の男女が働いている。老人も若者も沢山いるので、なかなか賑やかである。日本人もその中に入る。

ロシア人達は主に流刑者で、本国はシベリアではなく、もっと暖かいところのようで話は故郷の自慢である。流刑者の多くが政治犯のようで立派な人もいる。また、貴族ということもあって上品な人もいる。

この農場も男性の数が少ない。戦争の犠牲となったようで女性が多い。未婚者が大半である。ロシア人労働者は男女とも我々に対して親切であり、仲良く仕事に従事する。このような雰囲気の中では、男ひでりの未婚の娘が若い捕虜を放っておくわけがない。日本人のように人種差別をする国民は別として、多人種が入り交じって混血の多いこの国では、異端視していない。ただ、男と女であって、恋も愛もあることは不思議ではなく、言葉の違いで解らないということが問題で、互いに誤解を招き、この問題もそのようなことが元で起きたのである。

始めは他愛もない戯れ事が段々とエスカレートして、本気になり実行に移り、結果は喧嘩となったもので、お話にならないようであるが、当事者は大変で、政治部員に届けられて、本人達は重労働を命じられて、収容所を追われたのである。

原因は、彼女等が作業休みに集まって、日本人捕虜を相手に双方の持ち物の大小を論じ大笑いしていたのだが、どちらが先に言い出したのか、それでは見せろということになり、見ただけでは駄目で、触らせろと……。次は入れるぞとなった様子で、それが集団の遊びに発展したようである。

大きいか小さいかは当人たちの感じで、彼女たちはよかったと話していた。また、捕虜の方は同じだよと言っていたが、これで終われば笑い話でお互い遊び得ということだったが、日本人の助平には直ぐに真似をする奴が出る。それも話の様子を聞かずにロシア娘に手を出したのである。実行に移り、強姦といわれるように相成ったのだが、当人は石鹸を渡したそうで本人は良いと思っていたのが、相手は承知せず争いとなったのである。ゆっくり上手に実行すれば何事もなく楽しめたものを、焦るからこのようなことになるとあとで話したものである。

元気な捕虜とロシア娘との間には数々のロマンスはあるが、皆隠されていた。「ダモイ」出来ない人もいたが、多くの人たちは隠して帰国したことと思う。遠くて近きは男女の仲、上手いことを言ったものである。

政治部員が注意の後、片目をつぶって笑った顔が印象的であとに残った。

間違えられた病気

シベリアでも夏は暑く、寝苦しい夜が続く。あまり暑いと外に出て、雑草の上で寝ることもしばしばで、今夜も眠れないのだ。仲間が何人か集まって、自慢話に花が咲く。

話し上手な彼は、軍隊生活の長い人で、話に迫力があって面白く、笑い声が何時までも夜空に響くのである。彼の女遊びの話は面白く、話術が上手で、皆が喜んで聞くのであるが、聞き手に飽きがこないので、毎夜の話が楽しみであった。

その彼が性病の話をして遊びの失敗を語ったのであるが、聞く者も、話す者も、皆経験豊かな勇士ばかりなので夜の更けるまで話が弾む。性病の怖さはいろいろと聞いていたが、彼の話だと大変楽しいことである様で、字のような淋しい病気ではない様であるが、私は罹ったことがないので本当のことは分からない。

そのような私が、ある日突然不幸にも似たような病気に罹って治療に苦しむのである。「倅」に赤い発疹ができ、それが痛痒いのである。我慢しても耐えられず、そっと手が行く、我慢できずに掻く、掻けば余計に痛痒くなる。痛みだけならば、じっと我慢して耐えられるが、痒いのはどうにも我慢のできるものではない。ぼりぼりと掻く……。

風呂は一週間に一度か、二週間に一度、その上暑いので蒸されてしまう。病状は悪くなるばかりであって、一度医者に診せて、薬を貰おうと医務室へ行く。日本の軍医とサブロー女医が見て目をそらした。

軟性下疳《なんせいげかん》……。

軍医が何処で遊んだかと聞くが、捕虜が遊ぶ所なぞあろうはずがない。知らぬと答えたが、「倅」が無くなるぞと軍医に脅かされて、入院を言い渡された。薬は何もくれないのである。

病室は伝染病棟で、私は隔離されてしまった。一人でいる病室ほど心細い場所はないもので、淋しい気持ちで、毎日がたまらなかったのである。段々と範囲が広がって、股全体が爛れて赤くなり、苦しみといったら、じっとしていられないほどだった。

数週間過ぎたが、「倅」は崩れることもなく、赤く爛れて付いていたのである。医者が不思議な顔をして診察していたが、急に笑いだして、「これは性病ではなく、皮膚病だ」と言い出したのである。皮癬《ひぜん》とも疥癬《かいせん》ともいう病気で、皮膚病だと塗り薬で良くなると言って、尻を叩かれた。「倅」が無くなっては困ったものだと思っていたので、ほっとして安心する。朝夕、冷水消毒と塗り薬で治療する。始めのうちは痛いので参ったが、段々と良くなって小さな斑点となり治る。「倅」には、その時の痕が歴然と残り、今、見ても悪い遊びの痕のように見えるのである。

性病と皮膚病、大変違った診断であったが治ってみると嬉しかったことである。そっと人に知られぬように「倅」の姿を見るのも寝苦しい夏の夜の思い出である。

全治……自分の身体が平常に戻ったので病棟を早々に逃げ出す。現金なもので気持ちも明るくなり、元気に「ラボータ」に従事したのである。

恋

捕虜と白系ロシア娘の恋……ロマンチックな響きのある言葉だ。私たちの青春の一頁のようなものである。恋も愛も知らず、軍隊に取られた青春の日々を、厳しい軍律と訓練に鍛え上げられた若者が異国の地に来て恋をする。考えられないことであるが恋も愛もあったのである。

何かの物語のように恋は進行したのである。娘は帝政時代の将軍の娘ということで、最後は目出度く結ばれたのだが、気の毒なのは日本人捕虜であった。「ダモイ」ができず、涙の物語となり、美しい恋愛と終わったのである。厳寒のシベリアにも、春の日射しが優しく輝く頃に、人の心にも柔らかな美しい恋が芽生えるのである。

ロシア人たちの恋愛は、華やかな動きの中に進展していくが、異国人の恋は誰にも気付かれないように静かに人目を避けて進展していく。彼と彼女も同じ様で、我々には気付かれなかった。労働に従事していたときは、日本人であれ、ドイツ人であれ、ロシア人と同じように扱われていた。そんな関係でこの恋も結ばれたのだと思うが、我々が知る前にロシア人の間では皆が知っていたようである。

農場作業は広いので、何処で誰が何をしているのか気付かない。また、ノルマに追われているので他人のことなぞにとらわれていられないのだ。夏から秋までの麦畑は格好な場所となり、静かにそっと行為が行われて、風のない日は高い穂が揺れているので近づくのを避ける。彼と彼女もこのような雰囲気の中で恋が芽生え、出来てしまったのだろうと思う。恋愛に国境は無いと言うが、捕虜とロシア娘の出来合は、少し行き過ぎた様に思えたが、二人にはただ夢中にするだけのようであった。「ラボータ」の毎日が楽しかった事のようである。色白でおとなしい娘は、何時も彼の側で控え目に仕事をしている。恋人の前だと何処の国の女も静かな娘となるようだ。

我々も欲しいと思ってみたが、何か不足しているようで、恋人は出来なかった。羨望の的のようなもので、収容所に帰ると、彼は娘のことを話すが、その嬉しそうな顔、当てられ通しの我々は口惜しがるが、これぱかりは盗むわけにはいかず、話に興ずるだけだった。親は学歴もあり、娘も高校を出たということで、片言の日本語を話すそうだ。勉強したと話していたが、彼も娘に付いてロシア語の勉強だと話していた。

収穫までの麦畑が、彼のロシア語の学校で、また、あの方の手ほどきの場所ではないかと笑いが込み上げてきた。

秋は何処の国でも実りのある楽しい季節で、我々も穫り入れに追われて、毎日麦刈りに、いも掘りに、キャベツの収穫に、目の回る忙しさだ。この間には、彼の事も、娘の事も忘れていた。

穫り入れが終わって、次は冬の準備が始まるのだが、町の人たちを呼んで、一日、収容所で演芸大会が行われた。舞台が出来て、楽団も演奏に一生懸命だ。我々も舞台に上がって、いろいろな劇を見せる。歌もあり、踊りもある。ロシア人たちも飛び入りで踊り唄う。

母親が付いて彼女も来ていた。娘が着飾って、なかなかの美人である。

彼がそっと近づいた……娘が手を出して、彼の手を握った……静かにである。遠慮がちな態度が余計人目を引く。どこか人目の付かない所へ行けばよいのにとやきもきする。母親が気の付いた様子で、娘からそっと離れた。私も側から離れて、楽しい輪の中に入る。

一日がとても楽しかった。

町の人たちも楽しく語らいながら家路に着くと、我々は後片付けに掛かる。秋の深まりが足早に来て、灯の光も静かに瞬く。星の輝きにも澄んだ美しさがある。捕虜でなければと村祭りの夜を思い出す。ロシア娘との語らいの一刻の楽しさ、忘れられない思い出である。

彼の姿と娘の姿が見えない。何処かに外出かな、いいじゃないか……。

我々にも青春の喜びが有ったって……。

恋

大豆と籾《もみ》と赤い飯

毎日毎日が大豆の飯である。この先どの位食べさせられるのか分からないが、糧秣受領は満州大豆の袋だ。航空燃料の原料として運搬させられたことがある。その大豆が、今、我々捕虜の毎日の食事である。

飯、スープ、おかず、皆大豆である。始めの頃は珍しく美味しかったのが、段々と飽きてきて、この頃は見ただけで「大豆か」とがっかりする。

大豆の飯は柔らかく煮てあるので食べるのに抵抗はないが、スープは参る。飯盒半分位の大豆油を飲むようなもので、ぎらぎらと油の浮いた塩湯を飲むのである。

おかずがまた大豆の煮物で、砂糖と塩で味付けがしてあるが、これも油が浮いている。腹は膨れるが、どうも腹に力が入らなくなり、下痢気味となる。便が柔らかくなり、そのうち回数が増して、栄養失調の因となる。下痢患者が多くなる。

サブロー女医が泣きそうな顔で患者の話を聞いている。熱のない患者は病人として扱えないのだ。食糧事情の悪い事は彼女も重々承知のようで、原因は大豆油であると思っているようだ。政治部長に何とかしてくれと申し入れをする。何処かに掛け合ってくれたが、今すぐ変えることはできないようで、配給分だけは食べなければ駄目だと話している。家畜のようだと皆怒るがどうにもならない。

私はこの時味噌を作ってはと提案したが、取り上げてくれなかった。腹の具合が悪いので、食事を控え、捨てるのは勿体無いと思ったので、皆から大豆を集め、味噌作りを考える。味噌は、大豆と塩と麹でできると考えていたので、大豆に岩塩を砕いて粉末にして混ぜ、配給のパンを細かにして入れ、発酵させて出来た物が味噌と思い、「ペーチカ」の上に乗せて温め作ったのである。失敗を重ね、終わりに味噌が出来たときは嬉しく喜んだものである。

味噌汁を作り、毎夜、飲んだ記憶がある。美味しかったのかどうかは忘れてしまった。成功したのだが、最後はどうなってしまったのか記憶がない。

大豆の食事で泣き、味噌作りで気を紛らせたようである。

下痢が多くなり、栄養失調で皆が苦しんでいる頃になって日本米の支給となる。もう少し早く日本米を支給すれば、多くの兵が栄養失調で死ななくてよかったと思うのだが、捕虜には抗議すら出来なかったのだ。我々が夢にまで見た米の飯が支給されるということで、喜び勇んで食堂に出掛ける。支給は例のごとく、私はノルマが悪いので八十パーセント以下であるが、粟七、米三の飯が出た。大事に一粒一粒を味わって大切に食べる。かすかに甘さと香りが口の中に残る。米の飯である……。粟と共に炊き込んだ黄色の玉子飯であったが、百パーセント、百二十パーセント以上のものがこの時ほど羨ましく思えた事はなかった。

最初の一日は、米と粟の混ぜ飯であったが、二日目から後は籾の食事となる。脱穀していない籾のままの米が出された。少しずつ口の中に入れ、よく噛み、汁だけを飲み込む。口の中には籾殻が残る。一息に頬張って噛み、全部を飲み込むことは出来ない。それこそ大事に食べるのである。ノルマ八十パーセント以下の者の食事は、大体が籾殻のようなもので腹の空くこと酷いものであった。皆が脱穀しようと言い出し、大きな石臼を借りて、毎日、石臼廻しである。馬のやる仕事を引き受けたのだが、米が食えるという事はありがたいが、労力は大変な事で辛い思いをした。どの位脱穀して食べたことか、白米が支給されるようになって、美味しかったことは忘れることの出来ない嬉しさである。

洗脳も大分進んだ頃、夕食に支給された飯が赤飯である。今日は何の祝日かと考えたが分からない。大きなニシンが一匹付いた。また、牛の頭のスープである。肉の方は誰が食べるのか一度も食べた事はないが、この頃時々牛頭のスープに当たる。うまくいくと舌が一枚飯盒に入っている事がある。この時は、大ご馳走で皆が羨むが、めったに当たらない。赤飯を口一杯に頬張る。美味しい……。本当の赤飯でなく、高粱飯《コーリャンメシ》である。満州で労務者が食べていた食い物で、当時は食べた事もなかったものである。疲労、空腹、餓えると何でも食べる。高粱飯も今は赤飯として有難く食べられるのであった。

長い間、赤飯が続いたが、大豆、小豆、粟の飯より美味しかった。とくに大豆、籾の飯はひどい思いである。

旧捕虜と新捕虜

食べ物で苦しい毎日が続いていたある日、手にパンと干し肉を持って、にこにこと笑いながら静かに老いた農夫が我々の方に近づいてきた。我々は物々交換かと思って、何が欲しいかと近づくと、彼は下手な日本語で静かに話し掛けてきた。こんな老人が下手だとはいえ、日本語で日本人の我々に話し掛けてくるとは驚いた。

不思議に思って、いろいろと話を聞くと、彼は日露戦争の勇士で、名誉ある捕虜であった。捕われの身となり、日本に送られて保護を受け、無事帰国できたそうである。だが、現在はシベリアに流されて、生活をしているのであるが、日本での捕虜生活の待遇が良く、忘れる事の出来ない思い出であると話していた。

日本軍人は、捕虜となることは一族、一門の不名誉で、死ぬよりほかに道がない運命であったが、時代の移り変わりは我々を死に追い込むこともなく、生き恥を晒す結果となったのである。

彼がパンと干し肉を差し出して食べろというのである。貧しい様子の彼が。昔受けた日本の捕虜に対する待遇に対して、心から喜び、今、我々に対して報いようと心を配っているようである。ソ連当局の日本兵に対する態度を嘆いていた。「スターリン」、「ニイハラショ」彼の口から聞いたのである。

戦勝国ソ連は、今や共産党員の天下であるが、ソ連国民の中には、国の方針に対して批判的であって、昔の帝政時代を懐かしむ声がある。共産主義もあまり感心したものでないと思ったのである。この老人も同様で、帝政時代の良き生活を夢見ているようであった。苦しい生活の中にも、それなりの自由はあったと言っていた。だが、今は絶えず監視されているようで、息苦しい生活だと話し嘆いている。腹が空く事だろうが、我々も働いてやっと食べられる位だから、沢山は差し上げられないが食べなさいと差し出すのである。古き良き時代を思い出して、我々に乏しい食べ物をくれる心に感謝したのである。

一度、遊びに来いと言われたので、二、三人で訪ねてみたが、彼が言うように貧しいものであった。彼と老婆と娘の三人暮らしで、毎日農場に出て働き、一日一日を生活している様子で、蓄えのある様子もない。今の生活より苦しかったと言われたが、帝政時代の方が楽しかったと話している。敷布があるので持ってきたが、お礼だと差し出すと、老婆が喜んで、長い間このような布は見たこともなく、ましてや買うことも出来ないと心から喜んでくれた。

娘が作ってくれた牛肉とジャガイモのスープと、大皿一杯山盛りの肉とジャガイモに舌鼓を打ってご馳走になる。生きる先も長くないが、娘には幸福になって欲しいと話していた。貧しくとも昔の方が生活はよかったと言う。何を話しても笑いがあったが、今は笑いがない。密告されるのを警戒しなければ生きていけないからだとも話していた。共産党員の監視が相当に厳しく、農民は毎日怯えている様子である。

お礼を言って家を出たが、貧しい家と豊かな家との差がはっきりしていた。

新捕虜と旧捕虜

共産主義も資本主義も、行き着くところは権力を握った者の身勝手な言動があるだけで、実際は良民から如何に巧く搾取する事が出来るかであるようだ。苦しむのは底辺にいる弱い良民で、楽をするのは権力を持った一部の強い者である事を知る。資本、共産、社会とどの主義も人間の欲望の前には、皆同じ様なものであると感じた。働けば楽になる……。働かなくても楽である……。この矛盾は何処にあるのだろうか。どの主義も口では巧い事を言うが、実際は同じ事のようだ。この老人とは一日の付き合いであったが、共産主義の実体を見せられた気がした。貧しい者は永遠に貧しく、富める者は永遠に豊かである。働く事が馬鹿馬鹿しくなる。

老人が言う、「理想は理想で終わればよいが、理想を現実にするために現実を誤る事は人々にいろいろな不幸を招くもとである」また、「人生は長く生きて百年、何が出来るのか、欲望の中に生きる人間が、なぜ他人の幸福なぞ考えるのか、自分が満ち足りなければ無理だろう。世の中とはそんなものだろう。死後なぞ誰が知っているものか」言い終わって、老人は大笑いした。

捕虜の我々には、何を話しても関係のないところから、心の不満をぶちまけたのだろうが、気の毒とも思えたのである。

「ダモイ」が実現して日本に帰り着いても、どんな様子なのかと気が重くなる。老人夫婦と娘に送り出されて満腹の腹を擦りながら収容所に帰る。

このような行動が出来るのも、暫らくの間で、脱走者が出てからは警戒が厳しくなり、外出は不可能となる。

老人と再度会うこともなく、月日が過ぎたのである。

逃亡者

外は雪が舞っていて、寒さが首筋からそっと忍び込む。空気が凍っているのだろうか、薄暗く夜はまだ明けていない。

全員集合が掛かる。防寒具で身を固め、急ぎ庭に出る。警戒が厳重で、ソ連の兵士が銃を持って沢山出て来てきている。何が起こったのかと整列する。

政治部員が怒っているが、我々には訳が分からない。病人も庭に出された。

人員点呼だ……。

千五百名もの捕虜なので、一人や二人いなくても分からない。誰がいないのか見渡すがこれも分からない。死亡者も出ていて、昨日の数と今日の数は違っている。明日になれば差はもっと出る。中隊も小隊も、班のような少人数でも、誰が何処に行ったのか分かっていないのが実情である。

政治部員の口から逃亡者の出た事が明らかになった。それもこの寒さの中を歩いて、満州里《マンチュリー》の近くまで逃げ捕まったと言う。不幸なことに一人は射殺されたと話す。他の二人は凍傷で動けず、馬橇《そり》に乗せられて収容所に送られてきた。十日程前に逃げたという事であるが、誰も気が付かなかったのである。

今までは自由に生活ができたのが、この事があってから収容所の捕虜の扱いが厳しくなる。柵も有刺鉄線が三重になって、民間人との交遊も難しくなった。四隅に高い望楼《ぼうろう》が出来、逃亡に対して警戒が厳しい。ソ連兵の歩哨が付き、我々の監視が大変となり、楽しみの物々交換も今までのように出来なく不便である。

逃亡者が出たという事は、すべて悪い結果となり、首を締める事情と変わる。どんな奴が……、ひどい奴だと皆が怒る。地理に明るい者でなくては満州まで逃げることは出来ず、また、満州まで逃げても生活が無理で、生きていけるものではないのにと、あまりの無謀さに驚く。特務機関の者ではないかと想像する。

逃亡者が帰ってきた。悲惨な姿である。凍傷の二人は生きているが、手、足、鼻、耳が凍傷にやられてひどい。殺された一人は鼻も耳もない。引っ張ってくるうちに取れてしまった様だ。三人とも顔がはっきり分からないほど変形している。我々の収容所の者か、それも定かでない。二人は病院に送られたが、一人の死体は放置されていた。何時、片付けてくれるのか、我々に対するみせしめのためだという事である。

事件はすぐに忘れてしまう。死体を見ているときは、皆考えるが、死体が片付いた後は、逃亡者は英雄であった。北鮮人の金さんが話していたが、満州に行くのには、黒竜江を渡って、四日で行けると言っていたが、彼は時々満州に行くという事である。何しに行くのか関係のないことであったが本当のようである。道を教えてくれと頼むと、無理だと笑っていた。逃亡者が出てから捕虜の扱いが悪くなり、洗脳も強化されて、食料の量も少なく、ひどい事になる。

逃亡なぞ、逃げられない様な無駄なことをする奴に腹が立った。

捕虜の死亡

捕虜の扱いが段々とひどくなってきて、死者が出るようになる。栄養失調で、それに腸結核も併病していたという。痩せて骨と皮ばかりになっていた。不思議なことに腹は大きく膨らんでいる。寝棺が作られ、毛布に包んで納棺するが、誰も立ち会ってくれない、手を合わせる者もいない。捕虜の死の姿は寂しいものである。死体安置所に置かれ、ロウソクが灯されて線香が供えられている。この日から死者が出るようになるのだが、先のことは知らずにいた。

夕方になって、死屍衛兵《ししえいへい》が割り当てられる。誰も喜んで応ずる者がない。元気な兵隊は明日の作業に影響するので出たがらない。私に割り振られてきた。嫌という事も言えず、最初の衛兵につく。夕食後、安置所に行く。二名である。棺に入っておらず、白々と見える。ロウソクの炎の動きで影が揺れる。

夜が更けていくにしたがって、妖気が立っているようで気味が悪い。二人でいるから我慢できるが一人ではとても立番《たちばん》でき

死屍衛兵

るものではない。仏に手を合わせて経文を唱える。口から出るから不思議だ。零時頃だろうか、時間は遅々として進まない。夜の静かな事、ひしひしと身に感じる。

何時の間にか二人とも寝てしまったようで、目が覚めて驚く……供物のパンや飯が無くなっている。ロウソクの灯りは静かに揺らめいていて、影だけがじいっと我々を見ているようである。供物が無くなった事で、ぞっとする。外は闇が深い。早く夜の明けるのが待ち遠しい。薄明かりでも明るくなるとほっとする。

待った夜明けである。嫌な事だが仏も成仏して喜んでくれたと思う。独りよがりかもしれないが良いことをしたと自分に言い聞かせる。

今日は葬式だ。シベリアなぞで死ぬ奴は気の毒で、野辺の送りも、経も、誰も上げてくれない。オーカー隊の病人に担がれて、山の上の墓地に埋められ、後は顧みられないのである。「ラボータ」に追いまくられ、ノルマに縛られて働き、終わりは異郷の地に捨てられる。恨んでも恨み切れるものではない。墓地に着いて驚いた。墓標が一本もない。土饅頭があるだけだ。ロシア人は死者に対してどんな考えを持っているのか疑いたくなる。土の柔らかな時の仏は幸いである。深く掘って埋め、土を沢山かけてもらえる。冬の凍った時では、雪だけしかかけてもらえず、春まで自然冷凍にされるのである。今日の仏は土の中なので成仏することだろう。土をかけ、土饅頭を作り、木の墓標を立てる。あまり死者が多かったので俗名であったが、今は全部忘れ去ってしまった。今日は戦友、明日は我が身か、捕虜に保証がない……。

死者でも初めの頃はよかった。死亡者が多くなるにつれて、棺箱が無くなり、着物も剥ぎ取られ、毛布も取られて、裸で土中に捨てられる。暖かい季節の死者は裸でも土に埋められるが、真冬の死者は裸で春まで自然冷凍にされるのである。寒い冬が去って、春の訪れを聞く頃になると、我々に一番嫌な作業が廻ってくる。死体の埋葬のやり直しである。雪が解けてしまうと冷凍が駄目になり、腐敗してくる。また、野犬や狼が食いに来るからだ。

二十名程で、山の墓地に行く。急いで埋め変えねば駄目である。

やられていた……食い荒らされている死体が転がっている。頭、腕、足、胴とバラバラに飛び散っている。集めて一つにして穴に埋める。あまりの酷さに目を覆う。墓標が一本も無い。野犬や狼が持ち去

墓地

ることもないと周囲を見るが一本も無いのだ。ロシア人が持ち去って、燃料にしたのである。冬の死者は本当に気の毒の一言に尽きるのである。

一年を通じて、部隊の三割近くが死んだ。山の上の墓地に多数の戦友が葬られている。死者に対し心から冥福を祈る。

身体検査

今日は全員の身体検査である。他の隊の人たちのことはよく分からないが、私の隊は全員庭に出て、上半身を出して待っていた。サブロー女医少尉が、大きな尻を振りながら、得意満面颯爽とした姿で皆の前に立った。H隊長が敬礼して、全員集合を告げると、サブロー女医は、少し嬉しそうに何やら言っている。我々には何を言っているのか分からない。通訳が出てきた。日本語の上手なソ連兵で、政治部員というD少尉である。

「日本兵の皆さん……、今日は……、皆さんの身体検査です……。始めに体の具合の悪い人は、前に出てください……」

「よろしいですね……」急に身体検査である。皆不思議に思ったが、有難く受診することにする。体の悪い者が前に出た。並んで兵舎に歩いていく。急にどんな検査をやるんだろう、様子が分からない。T衛生兵が、窓から首を出して外を見ている。我々の方を眺めて、何が面白いのか、にこにこと笑っている。

気に掛かる……。二時間近く待たされていると、一人ひとりと変な顔をして外に出てきた。皆、赤い顔をしている。どんな事があったのか笑い顔がない。

一人の兵が大声で怒鳴った……。「身体検査なんてものではない、ひどいものだ」と……。それだけ言うと兵舎の中に入ってしまった。

D少尉が出てきた。これから我々健康な兵隊の検査である。一列に並んで一人ひとりサブロー女医の前に行く。部屋は入り口と出口が別々になっていて、終わった者は出口から消えていく。検査の様子は廊下では分からないが、「はいっ」と言う大きな声だけは聞こえてくる。

身体検査

私の番が来たので、中に入って驚いた。前に入った者が、女医の前に褌《ふんどし》片手に直立不動の姿で立っている。私も裸になるように指示されて、褌一本の姿になる。前の兵がどんな検査を受けているのか心配で、そっと覗いて見る。女医は、にっこりと笑って、兵の姿を眺め、腕を握って堅さを試している。次は胸で、乳の辺りを指で突いて堅さを見た。また、にっこりと笑って診察は終わり。「オーチン※1、ハラショ※2」

兵隊の男性自身が立って、固くなっているのが面白い。まだまだ大丈夫である。結果は大変に良いということで、作業に従事できるという事になる。

次は私の番だが、褌を取って、直立不動で女医の前に立つ。男性自身は固く立たない。礼儀正しいのか小さくしょげている。女医は前の兵隊と同じ様に、にっこりと笑って同じ事をする。笑顔の可愛いのには驚いた。結果は、「ニイハラショ」、肉付きは良好だが、ぶよぶよに太っているので、これは栄養失調であると言う。病人である……。働かざるもの食うべからずの国で、明日からどのようなことになるのか心配になる。

今日の検査で、十五名が病人であると言われた。中で一番太っているのが私である。

※1 たいへん　※2 すばらしい

重労働

T衛生兵が宿舎に来て怒鳴っている。「昨日の検査で、病人と言われた者は速やかに装具を持って庭に荷集合せよ」やれやれ、病人は用無しかと、身の回り品々を毛布に包んで庭に出た。皆が庭に出てきて眺めている。心配そうな顔をした奴は一人もいない。皆にやにやと笑っている。人の心はこの様なときになるとよく分かる。誰でも自分だけが可愛くなるものである。十五名の病人が毛布に包んだ荷物を担いで連れられ宿舎を出ていく。去る者も、見送る者も何の感情も起きないのが不思議である。涙、涙、涙なんて考えても出てこない、あっけらかんとした別れである。

T衛生兵が、貴様たちは何処へ行くのか知らされていないので分からないが、二度とこの収容所に帰って来られないのだからと門のところまで送ってくる。これから先は、ソ連兵が来て連れて行くからと言われ、がっかりする。何とかなるだろうと思っていると、迎えのソ連兵がやってきた。T衛生兵に、これから先どうなるのかと聞くと、彼の答えは、「成るようにしかならないのだから、くよくよするな」という返事である。

「成るようにしか成らない……」そんなものかなと割り切ることにした。他の十四名も何も考えていないようである。背の小さなソ連の兵隊が、背中に自動小銃を背負って、にこにこしながら歩いて来た。

「やあー」と言って手を上げた。よく見るとタヌポンである。顔をくしゃくしゃにして笑っていた。今日の引率者がタヌポンとは……彼とは物々交換で知っていたので、少し安心する。何も知らない人だと、どうでもよいと言っても、やはり心配であるからだ。

タヌポンは、今年十六歳の少年兵である。身体は日本兵と違って、小さくとも立派な体格をしている。愉快な奴で、悪気が無いのが取り柄であるが、少々狡るいところがある。にこにこ笑って、手を上げて近づいてきた。「やあー」と言って実に人懐っこい奴である。

「ヤポンスキー[※1]、ソルダート[※2]、イヂスダー[※3]」と、彼は得意満面で我々を連れて門を出た。

収容所の門を出たら、十五名は一般市民と扱いは同じであるが、今日のところはそうはいかない。大きな荷物を背負っているからである。何処へ行くのか、ぶらりぶらりと町に向って歩いて行く……町までの道程は、時間にして約一時間程であるが、今日は帰るところも無いので心淋しいものである。行き先がさっぱり見当がつかないので心配になる。

工場で一緒に働いた事のある娘に会う。手を振ると笑いながら寄って来て話し掛けるがよく分からない。ただ、「ダモイ」と言うだけがよく分かる。タヌポンに「ダモイ」かと聞くと、首を縦に振る。

「この野郎、からかったな」と思ったが、何となく嬉しくなる。可笑しいもので嘘と思っても、「ダモイ」は嬉しいのである。

さて、「ダモイ」と言われても何処に帰るのか、戦いに負けた我々には帰るところは無いのであるが、「ダモイ」は嬉しく、また楽しくしてくれるから不思議な言葉である。

「誰か故郷を思わざる」……誰かが唄い始めた。皆元気に合唱して行く。誰も悲しんではいない。これも不思議である。のんびりと歌を唄って、タヌポンに連れられて捕虜の行進は続く……駅が見えてきた。我々は汽車に乗せられて、本当に「ダモイ」が出来るのかと心が弾む。

いたいた、日本兵が沢山いるのである。皆我々の様に薄汚れて元気の無い奴ばかりである。誰か知った者はいないかと近づいて行くと、突然……、「おいっ」と呼ばれる。振り返ると同じ収容所から第一回の「ダモイ」と言われて出て行ったWであった。過ぎ去った日の事であるが、朝早く全員集合させられて庭に並び、名を呼ばれて、「ダモイ」と言われて喜び勇んで出て行った友人が目の前に疲れ切った姿で立っているのである。驚いたのは私であった。既に日本に帰り着いているはずの彼が、今生きて私の前に立っているのである。目を疑ったが事実であった。

いろいろと話を聞いたが、彼は炭鉱に連れて行かれ、毎日ノルマに追われ苦しめられて帰ってきたのである。今日の集合も、また何処かに連れて行かれ、「ラボータ」をやるのだろうと話している。炭鉱は仕事が大変辛かったと言い、落盤で死者も出たと話したが、皆忘れたと言ってあまり話そうとしない。私は、ただ「そうか」と言ったきりの様だった。明日は我が身の事である。手を握って励ましたのである。会うは別れの始めと言うが、「元気でな」と言う事で別れたが、淋しさも、悲しさも、嬉しさもなく、淡々とした別れであった。

タヌポンにトラックの荷台に乗せられて、駅の前から「さよなら」が我々であった。途中、糧秣庫に寄り、二か月分食料を積み、ソ連兵二名を乗せて、町を走り去ったのである。

行き先は何処か……誰も知らない……三名のソ連兵に監視されて、十五名の捕虜が山中に連れられて行く……成るようにしかならない……考える事が苦になってきた。二か月間、何処で何をするのか、皆心配になる。

※1 日本の　※2 兵士　※3 こっちへ来い

草刈り作業

自動車は、一抱えも二抱えもあるカラマツの原生林の中を走る。町を出て、五十キロも来た頃、目の前に広々とした草原が現れた。その広いこと、遠くの方にカラマツ林が見える。この草原は湿地帯である。上手に歩かないと足が草の下の土の中にめり込んでしまう。

自動車はここまでで、下車を命じられた。後は徒歩である。なかなか前に進めない。タヌポンの歩き方を見ると、大きな株を拾って歩くので、彼は上手である。我々も馴れるにしたがって上手に歩くことが出来る様になる。一日掛かりで目的地の白樺林に着く。その後ろにはカラマツの原生林が人を入れた事の無い様子で、落葉が分厚く積もっている。苔が密生していて、歩くとふわふわする。荷物の運搬が終わると、休む暇もなく、急ぎ草刈り作業に取り掛かる。今夜から泊まるねぐらを作らねばならないのである。草が刈られて山と積まれた。野天に青草を積んで、その中に潜って寝るのかと皆一生懸命に働く。

原始人が考えた草葺屋根の家作りである。タヌポンが小銃を置いて、自分も働き出した。

先ず第一に、四メートル位の白樺の伐採である。皆して取りに行く。沢山の材料が集まる。簡単に考えていたが、なかなか難しいもので、屋根用の草が乗らない。夕方になる頃、どうやら出来上がった。青草の香りが鼻をつく……床には各自の毛布を青草の上に敷く。寝る時は防寒外套が蒲団であるが、着たままの姿でゴロ寝でも良い、自由である。

草刈り

私は暖かであるから着たまま寝る事にした。タヌポンが明日から毎日草刈りをするから、早く寝るようにと言う事であるが、狼が出るから、火は消しては駄目だと話していた。松の木や白樺の木を取ってきて燃やし、一名ずつの不寝番が立つことになる。赤々とよく燃えて暖かい。夜空の星がとても綺麗である。

不寝番で起きているが眠たくなる。目を擦りながら木を燃す。遠く狼の遠吠えが聞こえてきて、闇が気持ち悪く周囲を包む。

シベリアの夏の朝は早い。時計を持たない我々は時間は分からないが、東の空が明るくなれば朝で、日が落ちて闇が来れば、夜で寝る。時計なぞ持つ必要はなかったのである。寝足りない顔で皆が起きてきた。朝の靄《もや》が掛かって前方はよく見えない。草には朝露が美しく光っている。日本で見る草の露も、今見たシベリアの朝の露も同じように美しいものである。肌には冷気が気持ちよく感じられる。洗面も、歯磨きもない朝、皆焚き火の周りに集まり手をかざす。焚き火は我々の身体ばかりではなく、心まで暖めてくれる。

朝食は、黒パン一片と飯盒一杯のスープで食事は終わり、今日一日の「ラボータ」が始まる。当番が三名残って、残り十二名は、初めて見る大きな鎌を持たされ、草刈り場に連れて行かれた。

今日は先ず大鎌の使い方の特訓である。鎌の振り方、腰の回し方、手の動かし方、足の運び方、最後に鎌の研ぎ方である。一時間程の特訓の後、本番の草刈りとなる。本日のノルマは一人百平方メートルと言う事であり、一メートル幅で百メートル、その間の草を刈り、一定の場所に運び積めば終わりである。

皆簡単とばかりに勝手に始めるが、なかなか思ったように草は刈れるものではない。力ばかり入って、一向に刈れないのである。大きな鎌の使い方に参ってしまった。タヌポンが見に来て笑っていたが、真面目な顔をして銃を置き、鎌の使い方を手解きしてくれる。平気で銃を放り出しているのである。十二名が一列横隊に並んで、一メートル間隔で手解きに従って草刈りである。百平方メートルの草刈りは大変で、初めての事でもあり、思うようには出来ないが、夕日が落ちる頃にどうやら一日のノルマが終わった。

当番の作った米の飯にスープ、魚のから揚げが夕食で、ストーブの代わりの焚き火にあたりながら食べるのも楽しいものである。米の飯といっても黄色いモチアワの中に米の入った食事であるが、我々は大豆ばかり食べてきたので有難く食べたものである。

一週間程過ぎて、我々の作業も段々調子が出てきた。百平方メートルのノルマも半日ほどで終わるようになったのである。

私は近くの小川に飯盒を洗いに行って驚いた。この小川の水は綺麗で、川底までよく見えるのに、今日は真っ黒で底石が見えない。よく見ると小魚が川一面に泳いでいるのである。掬《すく》うことが出来る。私は毎日ここへ来て、小魚が獲れて食べられたらと思った事であったが、今日は飯盒を入れると、一杯になるほど小魚が獲れるのである。夢のような思いが現実となったのであった。一日二回、この様に魚が集まるのである。腹一杯魚が食べられる事が嬉しかった。誰が言うともなく皆が魚の事を知るようになり、草刈り作業が終わると、小川へ行き、小魚を獲って食べたのである。塩味のスープも美味しいもので、山ニラと一緒にスープで食べると美味しいと教えてくれる者も出た。

食べ物があるという事は、我々捕虜にとって心強く、最大の喜びである。食べる事と寝る事と話が出来る事以外に楽しみはなかったのである。

女性の訪れ

一日の作業が終わって、焚き火の周りで夕食を食べ、雑談をしていると、前方の山で人の動く気配がする。そのうち松明を持った人たちが大きな声で歌を歌いながら進んでくる。ロシア人のようである。我々は皆恐ろしさに言葉もなく、ただ見学するばかりである。ロシアマダムの一隊が、我々を訪問してくれたのである。十人ほどの女性が手に手に、松明と食料の入った袋を下げて、元気一杯に野山を越えて遊びに来たのだ。

彼女たちは十キロほど離れたところに村があって、そこの住民だそうだが、男より体格の良い女性たちである。騒々しいくらいの賑やかさで、我々の建物は潰れそうだ。

タヌポンの嬉しそうな顔と他の兵隊たちのはしゃぎようは我々が捕虜で自分たちが看守人であることを忘れた様子で、銃も放り出して娘たちと騒ぎ出した。彼女たちに、我々がこんな辺地に来ていることをどうして知ったのかと聞いたら、何となく、「におい」がしたという答えであった。驚いたことには、村には若い男性が一人もいないということで、彼女たちは男性不足で、十キロも遠いところに男性がいると知って、矢も楯もたまらず、「ウォッカ」とパンと干し肉と少々の食べ物を持って、男性に会うために遠征してきたのである。

その夜の凄まじい事、ソ連兵がロシアマダムに襲われる凄さは、我々恐れをなして、ただ驚き眺めるだけである。捕虜も何人か犯されたが、男が女を犯す以上に、女性が男性を犯す姿は凄いものである。

女性訪問

シベリアの夏の夜明けは早いもので、騒ぎの最中に夜は明けてきたが、まだまだ足りないのか、性宴は続いているのである。焚き火の明りの中で、うごめく姿はまだよいが、陽の光の中での行為は目を覆いたくなる眺めである。彼女たちは長年の積もった情欲の捌け口だから、一生懸命なのだろうと思うが、その凄まじさは驚きの一言である。ロシアマダムは助平であると聞いてはいたが、目の当たりに見るのは初めてで、犯した者も犯された者も、皆満足したのであろうか、ひっくり返って空を眺め、動こうともしない。一晩中の戦いが骨身にこたえた様である。白い大きな尻を出して眠るマダムの姿に変な気持ちの起こらないのが不思議である。男も女も下半身丸出しで、中には全裸の女もいる。さぞ満足したことだろうと眺めるばかりである。

今日は以上のような事情で、「ラボータ」は休み……。

草刈り作業に来て、二十日位過ぎたと思うが、考えてみれば一回も休みがなく、毎日「ラボータ」に追い回されていたのである。今日は一日休んで休養だ、皆喜んでいる。「ウォッカ」が配られた。飲むと胸が焼けるように熱いので驚くが、段々と良い気持ちに酔ってくる。酔いが回るに連れて、誰ともなく歌が出る。心が休まり、憎しみも悲しみも忘れ去ることが出来る。「誰か故郷を思わざる」合唱である。マダムも大きな声で和してくれる。ソ連兵も、特にタヌポンが一人大声を出して和している。言葉は分からなくても相通じる心があるものだ。

女たちが、我々に食べ物をくれた。我々は女たちに石鹸をやった。一晩と一日の交歓会であったが、楽しい事である。食糧が出され大宴会となる。明日は明日の風が吹く。大いに食べ、飲む、久しぶりの酒に酔い潰れた。

シベリアの夏の白夜も、薄く闇が迫る頃、女たちは村に帰っていく。大きな力強い手で、しっかりと握手して、泣いている娘もいたが、何の涙か分からない。我々も疲れてしまったので、ただ「さようなら」と言うだけで手を握る。別れはあっさりしたもので、大きな声で彼女たちは歌を唄って、山の彼方に消えていった。戦い済んで、日が暮れて、疲れが出た……ロシアマダムと遊んだ奴は、私以上に疲れた事だろう……あのボリュームでは。相手をした奴の顔を見る。にやにやと笑うばかりである。

焚き火の火が赤々と燃えて、静かに闇が我々を包む。明日から、また「ラボータ」だ。草葺《くさぶき》の屋根に所々穴が空いて、夜空の星が見える。寝ながら下から眺める空の星の瞬き、何と美しいことだろうか……。じいっと見ているうちに、目がかすんで何時の間にか寝てしまう。これが毎日の繰り返しである。何も考えないことが今の我々には幸福な時なのである。

朝が来た……昨日の疲れで誰も起きられない。目ばかりきょろきょろとしている。ソ連兵も昨日の奮闘で、今朝は動けない様である。腰の抜けるほどに、遊んだという格好であるが、そろそろと起き出して、「ラボータ、ラボータ」と叫んでいる……。「はいはい」と返事だけは皆するが、誰も起き出そうとしない。起きる元気がないのである。当番の兵とタヌポンが何か話している。困ったという様子である。食糧がないという事で、皆が起き出して来た。昨日までの元気は何処へやら、今日から食うものがないという事で皆がっかりする。村の娘たちのために、大事な食糧を出して歓迎してしまったというのである。あまり調子に乗って楽しんだ報いは大きいのであった。

食糧難

ロシア娘と一夜の楽しい思い出の夢も一夜明けたら、総勢十八名が今日から食糧難になる。草刈りどころではない。食べられる物を見つけなければ動けなくなる。働くどころではないのである。

ソ連兵が三人で相談している。話がまとまった様子で、一人が銃を担いで町まで帰り、食糧を持ってくるという。すぐ出発して行った。我々は食べられる物を集める事にする。蛙、蛇、野鼠、小鳥、魚、山ニラ、アカズ、カワラヨモギ、サルノコシカケ、山人参、茸、雑草等、いざという時は何でも食えることを知る。水と岩塩があれば生き延びる事はできるものである。

湿地帯の草原には、色々な蛙が住んでいる。小さいのから大きいのまで、数は多い。皆懸命に蛙獲りである。蝦蟇《ひき》蛙、いぼ蛙、赤蛙、雨蛙、食べられると思う蛙は片っ端から捕らえて皮を剥ぐ。上手な奴がいて、生きているのに後ろ足から皮を剥いでしまう。蛙は強いもので、目玉をくるくると動かしながら逃げようと飛び跳ねている。人間がもし皮を全部剥がされたら生きていれるだろうか。皆感心して見ていた。串に刺して火で焼き、岩塩の砕いたのを付けて食べるが、なかなか乙な味である。いぼ蛙は食べられなかった。皮を剥ぐと、いぼの所から白い液が出て、皆が毒だろうという事で手を出す者がいなかった。

近くの森の中で銃声が聞こえた。皆びっくりする。何事かと思っていると、タヌポンが何か大きな物を提げてきた。本人は大得意である。皆の前で頭上より高く捧げて皆に見せた。鳥である。嘴《くちばし》のない山鳥のような鳥で、タヌポンの弾丸が嘴を飛ばしたのである。黒いリスも一匹撃ったが、皮はソ連兵が持って行き、肉は我々にくれた。

食糧がなくなってからは、相当自由に歩き回ることが出来るようになった。誰かが蛇と野鼠を捕まえてきた。早速調理するのだが、蛇の皮を剥ぐのは蛙のように簡単にはいかない。二メートルはある蛇なので、皮とはらわたを一度に剥ぐのであるが、馴れた手付きで剥いでしまう。感心したものである。蛇の皮を剥いだのが綺麗なのにびっくりした。そして焼いて食べると蛙より美味である。野鼠は親子を捕まえたが、子鼠は十匹ほどいて、まだ目も開かぬ赤子で毛も生えていない。串に刺して焼いて食べていたが、私はどうも食べる気になれず、黙って見ていた。あまり美味しそうでもない様子で、鼠はどうもいただけなかったようだ。

満州で食べたアカザとカワラヨモギが生えている。採って塩で湯がいて食べるとほうれん草の味がする。また、一方ヨモギの香りがする。あまり食べ過ぎると糞まで緑色になり、肌が同じ様に変色する。

食料がなく、草や蛙を食べていても、草刈りの仕事は続けられている。あの広々とした草原も草が刈られ

食糧難

て、緑の部分も残り少なくなってきた。山の様に積まれた草が、遠くの方から何時の間にか無くなっているのである。誰も気づかないうちに何処かに運ばれていたのである。

林が有り、森が有り、草原が有る。二百平方メートルにノルマが上がっていたが、毎日百パーセント仕事が出来るようになっていた。我々が草を刈りながら、林を廻ったら、民家が点在していたのである。小さな村とでもいうのか、家が点々と建っていた。手を休めて、呆然と立っていると、人の動くのが見えて手を振っている。我々も大きく手を振ると、家の中から多くの人たちが出てきた。タヌポンが駆け足で行く。我々も鎌を放り出して駆け出した。人の住まない山中に連れてこられて草刈りの作業かと思い続けていたが、こんなに近くに人が住んでいたとは、今の今まで気がつかなかったのである。

草刈り作業も残り少なくなった頃に、突然出現した人家は、我々に喜びと安堵を与えてくれるのである。また、腹立たしさも同じようにである。ロシア娘が多数来たのも、来れたのも近いからであって、話のように夢のようなものではなかったのである。子供たちが出てきた。大きいのも小さいのも沢山いるのに驚く。何処にこれだけの人数がいたのかと思うほど出てきた。不思議なことに男の姿が見当たらない。女、女、女である。男は独ソ戦に行ったのか、満州に行ったかでいないということだが、本当かどうか分からない。

娘たちが山ニラを摘んで来た。食べられるのかどうか心配だったが、彼女たちが生で食べるのを見て大丈夫と思った。食べてみても美味しいものではない。草刈りを止めて、今夜と明日の食糧に、皆して山ニラ採りに精を出す。娘たちも手伝ってくれた。一抱えも採って皆小屋に帰るが、今会った娘たちは先日遊びに来た娘たちと違っていて、今日のは優しい娘である。この日から収容所に帰るまで、朝昼晩と三食山ニラの水炊きになるのである。皆よく我慢して食べ、生きながらえたものである。

川に魚を獲りに行き、飯盒一杯の小魚と岩塩と山ニラでスープが出来る。初めの頃は、こんな美味しいものはないと思って食べたが、数日過ぎる頃から、山ニラが鼻について見ても、ゲップが出るようになった。

米の飯が食いたい……。目の前に白米の湯気の立った山が浮かんでくる。毎日毎日食べて、あまり美味しいと思わなかった米の飯が食べたいのである。忘れていた日本内地が思い出されてくる。草刈りも終わりが近く、疲れが出てきたのか、急に日本が恋しくなる。

長い草刈り作業の疲れからか、山ニラの食べ過ぎか、腹の具合がおかしくなる。

赤痢患者

腹が痛む……私だけではないようだ。皆が腹を押さえている。便所が近くなる……血便が出る……私も同じ様に血便が出た。誰かが赤痢ではないかと言い出した。

ソ連兵が食糧を持って帰ってきたので、今日から山ニラと魚のスープ、蛙は食わなくてよくなるが、血便と腹痛は止まらない。回数が段々多くなる。

ソ連兵がまた収容所に帰っていった。どうやら草刈りも終わりが見えたので、とても楽しくなる。

冷えて下痢が続いたのと思って、皆焚き火を焚いて腹を暖める。血便と腹痛は続く……。

政治部員のD少尉が来た。我々の病気の様子を見に来たのである。並べられて、病状の説明を聞き、軽い者と重い者とに分けられた。私は重い方に入れられて、良くなったら炭鉱行きという事で、同行者三人と作業場を去る。残った者は草刈りを続行するようである。彼らとは二度と会うことはなかった。

明日どころか、今日の事さえ分からぬ身体なので、自動車に乗せられて何処かへ……その名は「ヤポンスキー、ソルダート」聞こえは良いが、悲しき捕虜である。自動車に揺られて何処に送り込まれるのか、血便の出る腹を抱えて覚悟を決めていたが、幸いな事に、また収容所に帰り着く。ほっとしていると、検便をするから取って来いと言われ、血便を持って急ぎ医務室に行く。日本の軍医と、政治部員、それにサブロー女医もいた。血便を差し出すと、三人が手も触れず、見ただけで、日本の軍医がアメーバーだと言う。サブロー女医も同意見であった。

政治部員が困った様な顔で、我々に説明してくれた。

入院……それも赤痢患者として……もう生きて日本に帰れないとがっかりする。入院病棟に行く。寝る場所が決められて隔離される。病院生活の一年生として、今日から寝る生活が始まる。大変ありがたい事は、食事が毎食上げ膳、下げ膳である。一日中寝て食べていればよいのである。それも五食で、少しずつだが、一日五食食べれば、結構腹が膨れて太ってくる。

白パン、野菜、肉も食べられて、病人の食事は良く、私は毎日一回、大匙に一杯の粉末の薬を飲まされた。大きな口を開けて上を向くと放り込んでくれる。始めのうちは茶褐色の薬と思っていたが、後で血の粉末と分かってからは、あまり気持ちの良いものではなかった。豚か牛の血だというので、嫌々飲むようなものであった。

入院してから一か月も過ぎると、血便も、下痢も止まって、健康体になったのである。食事は相変わらず五食で、食事以外の時間は寝ているのであるが、夜の長い事で困ってしまう。ぼけっと天井を見ているだけで、外に出るのは便所に行く時だけである。退屈というか、何もしない、出来ない苦痛がつくづくと身にしみるのである。贅沢といえばそうかもしれないが、この苦しみも、また別である。

入院一か月半で、初めて身体検査があった。結果は、「ニイハラショ、ラボータニェット[※]」でオーカー隊に送られる。全面的作業免除隊で作業は何もない。毎日、ぶらぶらしているだけである。寝ていないで済むのが助かった。帰国「ダモイ」まで、このオーカー隊で過ごしたのであるが、この間に途中軽作業に従事する。

※ だめ

オーカー隊

赤痢患者から、診断によってオーカー隊に退院させられたが、伝染病という事で、先住者にはあまり好感は持たれなかった。部屋の隅で小さくなって、三人共同で生活する。食事も別の行動で、自分で取りに行って食べ、片づけをする。皆に相手にされるまでに時間が掛かった。だが、他の人たちとの交わりの煩わしさはないので、捕虜期間中、一番楽な時であったと思う。

オーカー隊にも軽作業があって、収容所内での作業である。アルバイト的なもので、毎日ではない。水汲み、食糧運搬、便所掃除、ロシア人の家の使役等であるが、時々廻ってくる。どれも考えたほど楽なものではなく、断ることは出来ない。水汲みの作業は食事当番の仕事であるが、一年中春夏秋冬の水汲みは大変である。我々オーカー隊の者は、アルバイトみたいなもので、大きな桶に川から汲んだ水を入れる作業をやるだけである。

初夏から初秋までの水汲みは楽しいものであるが、晩秋から晩春までの作業は辛いものである。川の解氷が五月末日頃となるが、水の冷たさは身を切られるように冷たく大変である。足元の氷が割れて、流れ出す危険もあり、川に落ちる事が多くなる。外気も寒く、震え上がってしまう。流れも危険で、我々を連れ去ってしまうのである。解氷期の水汲みは怖いものであった。

解氷が起これば、もう春で、気分的には楽しさが増し、一日一日と草木が緑の芽を吹いて、眺めは一変する。この頃になると、水も温かくなり、川の流れに入って水汲みが出来て、水汲みの作業も楽になる。目の前の山は、一度に花が咲いて、見事な美しさを展開してくれる。赤白黄紫、色とりどりの花のジュウタンは、これが今まで寒さと氷と雪の世界かと、その変貌に驚く。一日の作業の半ばに時間を割いて、魚釣りを楽しむのもこの頃である。針金を曲げて作る釣り針にパンを付けて川に流すと、一メートル近い大きな魚が釣れる。一生懸命に釣りに精を出す。十匹も釣ると水槽に放り込んで帰る。今夜のおかずだ。皆が喜んでくれる顔が浮かぶ。暑い日は、水浴びに明け暮れて、水汲みの疲れを癒すのである。

オーカー隊の作業に食糧運搬がある。力仕事なので、我々のような半病人は好んで行く作業ではない。人数の足りない時に駆り出されて行く。どうせ間に合わせの事だから頭数だけ揃えての作業だ。仕事振りは想像以下である。当番の者は皆喜んで行くそうだ。どういう訳か分からない。パンとジャガイモの受領作業に付いて行く。馬車の荷台に乗せられて、駅のそばの糧秣庫《りょうまつこ》まで行くと、パンの配給所である。ロシア人たちは、ここで一日分の配給を受ける。我々は一週間分の配給を受けるのである。この時、数量をごまかして受け取るのが狙いで、その分だけ当番の役得となる。計算の途中で話し掛け、数の読み違いを起こさせ、終わりまでに十本位のパンが多く我々の手にくるのであるが、多い分はロシア人と我々と半分ずつ分けるのである。

ごまかしたパンは、宿舎に持ち込んで、皆が仲良く分けて食べるのであるが、中には独り占めする不心得者がいる。そのような奴のパンはいつの間にか誰かが処分してしまうのが普通であった。

昨日の看守のソ連兵が、我々に物々交換の申し入れに来た。時計とパンの交換である。空きっ腹の我々には、公の交換なので、喜んで応じる。昨日の今日なので、くすぐったい様な気もするが、日本内地で買った一円五十銭という安物の時計があるので交換に出す。「パン五本、ウォッカ一リットル、砂糖一キログラム」と言うと「ＯＫ」と言って、パン三個を置いて、時計を持って行った。その後幾日過ぎても、ソ連兵は姿を見せなかった。皆やられたと思っていると……、突然、ソ連兵が時計を持って現れ、動かない時計を交換したので、返すからパンを返してくれと言う事で、大変怒っているのである。我々は驚いた。自分で約束を破っておきながら、図々しくも我々が悪いと、タヌポンに話してきた。彼は我々の説明に応じようとしない。込み入った話は、我々には出来ないので通訳に頼み、仲裁に入ってもらうが、動かない時計を交換に出した方が悪いということになりそうになる。時計を取り上げてよく見ると、ネジが巻いていないのである。私は急いでネジを巻き、振り回すと、時計はチックタック、チックタックと動き出したのである。ソ連兵の驚きようといったら、じっと時計を見て、何も言えないのである。

さあっ、今度は我々の番とばかり、通訳に約束を守らないソ連兵を悪く言い出したのだが、通訳はもう知らん顔である。残りのパンとウォッカと砂糖は、どうやら駄目のようであった。時計は明日また止まるのであるから我慢することにした。ソ連兵は時計のネジを巻く事を知らないようで、日本人は進んでいるのだなと思った。

寒い日が続く。夏の水汲みは楽しかったが、隠れてやった物々交換が悪かったのかどうか分からないが、明日から便所掃除を命じられてしまった。この仕事は誰も喜ばないのである……もちろん私も、しまったと思ったが、後の祭りで応じるより仕方がなかった。

がっかり、※おわい屋である……。

※ 汲み取り便所屋

便所掃除

今朝はとても冷える……寒さも体感温度は零下五十度位になっていることだろう。外気が凍って、チラチラ細かな雪が降っているようである。水汲み作業で楽しい思いをしたためではないが、便所掃除を割り当てられてしまった。誰もこの作業を有難く思う者はいない。大便と小便の除去作業である。

シベリア抑留の捕虜収容所の便所は、実に簡単なもので、大きな穴を掘って、二枚の板を渡しただけのものであり、屋根も囲いもないのである。夏の野糞は気持ちの良いものであるが、冬の野糞は身に堪えるのである。あの寒さの中で、よくも「倅」や尻が凍傷にならなかったものと今更ながら感心する次第である。

今日はその便所掃除の役を申し渡されたので、ツルハシとスコップ、運搬用の橇《そり》を持って集合する。千名以上の捕虜が、毎日用を足すのだからこの位の便所が必要となるのだろ

う と便槽の大きい事に感心しながら作業に掛かる。使用できる所と掃除のために使用しない場所を決め、便所を二つに区切って、踏み板を取り除いて準備をする。

便槽の中は氷の世界である。小便も大便も凍って、氷と化している。最初は臭くて堪らないと思ったが、そのようなこともなく、氷の山をツルハシで壊しに掛かる。新しい大便はアイスクリームのようであり、中にいても、あの糞の香りは全然ない。不思議な世界である。香りも凍るとなくなるのか、作業がし易くなる。コチンコチンに凍った小便と大便を壊し、スコップで放り上げ、橇に積む。嫌な香りのない中での作業は、寒い事を除けば楽しいもので、便槽の中で見る糞の山は壮観である……。槍先のように尖った糞が、数百本も立っていて、それが踏み板の所まで突っ立っている。大便をするときに、この糞の先を足で蹴っ飛ばして欠き、しゃがむのであるが、急いで蹴っ飛ばし忘れると、この槍先が尻や「倅」に突き刺って厄介な事になる。尻も「倅」も化膿して苦しむのである。医務室に行って見てもらうのであるが、腫れて熱を持ち痛むので、作業どころではなくなるのだ。

一日の作業が終わり、宿舎に帰るのであるが、これからが大変な事になる。外は零下五十度位の寒さであるが、部屋の中は二十五度位の暖かさで、部屋の中は裸に近い姿でいる。便所掃除を終えて、外套を脱ぎ、一休みしていると、何処からともなく糞の臭いが漂いはじめる。

誰かが大声で、「臭いぞ！」と怒鳴っている。その声で皆が騒ぎ出した。何も感じない顔をしているのは我々だけである。部屋に入った時には何も感じなったのだが、身体が暖まると臭いが強くなる。便所掃除はしたが、糞を持ち込んだ覚えはない。どうした事かと考えていると、貴様たちの外套だと言われる。見ると襟に水玉が光っている。鼻を近づけてみると臭い、糞の香りがぷ～んとしている。作業に出た者が、皆外套を持って外に飛び出す。襟を叩いて氷の塊を取る。これが部屋の暖かさで解け、香りが出たのである。

分かってしまえばそれまでで、皆笑って終りであるが、便所掃除の土産はとんだ物だ。今日は皆気を付けて、昨日の失敗を繰り返さないように静かに作業を運ぶ。昨日の糞騒動では、迷惑を掛けたので、今日は間違ってもそのような事のないようにと気を遣う。

便所掃除

人は誰でも気を遣い過ぎると、また間違いをするもので、仕事は鼻歌とおしゃべりで進んでいく。皆笑い声を出しながら、スコップを使い、ツルハシを打ち下ろす。氷のかけらが静かに飛ぶ。大きく開いて笑った口の中に、その一粒が飛び込んだ。慌てて吐き出したが、もう後の祭りである。

「うわあ～」その苦いこと、苦いこと……糞がこんなに苦いものとは、今の今まで知らなかった。初めての味である。唾を吐いた位では治まらない。こんなに苦いものが出るのかとその時知ったのである。糞を食らう……何と苦い事か。

笑い話で他人に語る事の出来るのも生きて帰れたからと、今は感謝しているのである。

入浴

寒い……外は零下二十度位か、もっと下がっているか分からないが、寒い……。

日曜日は入浴日である。朝から順に町の浴場に向う。オーカー隊の入浴は、午後二時頃になるので、昼食後、整列して浴場に行く。収容所の門を出れば、我々は一般市民と同じであるとされているので、門の出入りは厳重であるが、出てしまえばある程度の自由は認められるのである。

ソ連兵は、数学が不得手のようで、何回も数え直すから、人員点呼に時間が掛かる。今日は何のトラブルもなく、無事に出門する。鼻歌を唄って門外に出れば、吹き溜まりの雪が白く、目に眩しい。まだまだシベリアは寒い最中なのだ。町までの道は、一人も人の姿がない。殺風景なもので、すべてが白一色である。

町並みの見えるところに来た。前から午前中に入浴に来た捕虜が行儀良く並んで来る。長い間の垢を取った様子で、ほかほかと湯気が立っていて、皆綺麗になっていた。

町外れの浴場は、日本でいう銭湯なのだろうか、ロシア人は入るようだ。彼らは日本人のように毎日入るものではなく、時々来るようである。浴場には、男子と女子とに別れていて、入り口は別であり、浴室もまた別である。入浴料は無料で、番台なぞなかった。中は、土間、脱衣室、脱衣棚があって、次が浴室で、ここまでは日本の銭湯と似ているが、中に入ると浴槽がない。湯気がもうもうと立っていて、中がよく見えない。日本の流行のサウナ風呂なのである。太いパイプから蒸気が吹き出して、暑さで汗が出るように部屋の中の温度を上げている。

タオルで擦ると垢が浮いて、ポロポロと落ちる。首から胸、腹、背中、腰、足、腕と汗と一緒に垢を取るのであるが、出ること出ること、また毛穴から汗が玉のようになって吹き出してくる。長く入っていると、上気して頭がおかしくなり、鉄の桶に一杯の水を汲んで、頭や首を冷やす。

一回の入浴時間は三十分だが、十分から二十分も入っていると、目が回ってくるので、我慢できるだけ入って、脱衣室に出る。ここは暖かいので裸でもいられるが、外は寒い零下の冬である。六月の上旬ともなれば、シベリアも春となり、野山の草木が一斉に花を付けて、夏へと一足飛びに気候が変わる。捕虜にとって一番嬉しい季節であり、屋外の作業も寒くないので、冬のような辛さはなくなる。

五月二十七日から二十八日頃には、シルカ川の解氷が始まり、大砲を撃つような大きな音がして、氷が割れ流れ出す。眺めは見事なもので、実に壮観である。川面の流れが目立って、歩く我々も浮き浮きしだす。この頃の入浴となると、冬の時と違って、楽しい事になり、隊列を組んで行く我々も、今日の入浴は楽しいもので、道行く娘たちに声を掛けながら、笑い興じて歩むのである。

ロシア娘の春ともなれば、着る物から違って、美しく見えてくる。入浴はいつものように三十分であるが、外が暖かいので鴉の行水よろしく、入浴を終えて外に出て見物する。浴場の周囲を歩く。一人歩きできるのは楽しいもので、ロシア人の家に近づき、覗き込む。誰がいても、皆笑って手を出してくれる。人懐っこいのか、我々に対して好意的である。三十分が過ぎて集合し、整列して番号をかけてみると一人足りない……。

さあっ大変である。誰か近くの民家に遊びに行って、帰ってこないのでわっと十名ほどが探しに行く。見当たらない……大騒ぎとなる。

春とはいっても、まだ寒さが残るので湯冷めがしてきた。一時間ほどして、脱衣室を覗いて見ると、兵隊が素裸で床にぐったりとなって転がっている。湯気に当たったのか、ボーとしている。「いたぞ」という声で、皆が集まり、いろいろと聞くが返事はない。疲労し切っている様子だ。魂が抜けた様な顔が、ボケッとして、締りのない姿が可笑しくもあるが、気の毒である。ソ連の兵士がにやにやと笑っているが、我々には何の事か分からない。

全員集合が終わり、帰路に着くと、浴場の別の入口からロシアマダムが、五、六名出てきた。皆すごい体格で、我々の方を見て、嬉しそうに手を振っていた。今日は、女風呂があった日なのだ……。

風呂場の中の強チンの恐ろしさは、実際に経験していない人には分からない事と思うが、笑い話にもならない恐ろしさだと当人が話してくれた。そして二度と味わいたくないと顔色を変えるのである。

太陽が黄色く見えて腰が抜けるというが、本人の姿は実に情けなく見えるのである。誠に気の毒だ。体力の落ちた小さな日本兵が、男の様に体力の強い女に挑まれて犯される。誰が予測できることだろうか……。

さて、本人からどうしてこのような有難い思いをしたのかと聞いてみたが、明日は我身に起きる可能性のある事に驚くのである。

浴場の中に小部屋が一箇所あって、入っては駄目だと注意された場所があるのだが、当人は知らずにその部屋に一人入って、入浴を楽しんでいたと言うのである。部屋の中は湯気が立ち込めて、様子が分からなかったという事であるが、突然、太い腕が出て、大きな手が彼の腕を掴み、声を出す暇もなく、ドアーの中に引っ張り込まれたのである。

心臓が止まる思いであったと言うがその通りだと思う。これからが彼が体験した、強チンの実行劇である。

女風呂に連れ込まれた彼は、それから行われる性遊に饗されたようだが、コンクリートの床に寝かされて、頭、手足を押さえられ、男性のシンボルの増大作業が続き、彼女たちが満足の域に達するまで相手をさせられたと話していたが、終わり頃には、どうしても駄目で、彼女たちがエスカレートしてきて参ったと話していた。五人の女性に彼一人という場面もあったというが、あまりにも大袈裟な話なので一笑にしたが、彼の様子では本当のようであった。湯気に当たり、その上体力の消耗で、腰の抜けた状態になって脱衣室に放り出されたのである。

政治部員に話しても相手にされる問題ではなし、彼は彼女たちの相手は恐ろしいので、二度としたくないと話していた。

その後、寒い冬の日の来るまでに何人かの兵隊が同じ思いをしたようである。

人間の社会は、男と女の異なった二つの身体で作られていて、大体二分の一が男、残りが女であると話に聞いていたが、戦争という行為で、少し一方に片寄った様である。満たされない女が男を襲うような事もあると考えられるのだが、事実はその通りであった。

収容所は男ばかりの社会であるが、周りは女多数の社会である。この片寄った集団が相対した時に出来るのが性的な行為の実力行使なのである。体力が衰えて、団体生活に馴れた我々捕虜は何の反応も起こさないが、体力の優れたロシアマダムには我慢の出来ない事ではないだろうか。

我々も収容所を一歩外に出れば、町民と同じだと聞かされている。彼女たちも同じ働く者として同等と考えている様子で、民族的な偏見は持っていないようである。

男が女を強姦したとなると罪は相当に重いが、女が男を犯したときは笑い話で過ごされてしまうのである。

浴場での強チン……恐ろしさは笑い話で語り継がれる事と思う。

ダモイ

捕虜生活三年、私にも帰国することができる時がきた。オーカー隊員にも帰れる時期があったのだ……全員集合。着の身着のままの姿で庭に出る。持ち物は飯盒と毛布だけ。他はすべて物々交換で食べてしまった。

政治部員が名を呼び出した。次々と列から離れていくが、私の名はなかった……。全員が一度に帰れるものではなく、一部は残るようになっていたのである。私もその中の一員であった。残留組は何処かに集合して、また、大隊を作り作業を続けるのである。がら～んとした兵舎の中に、二、三人の者がいて、駄目か……駄目だ……そんな話し声が聞こえる。駄目であった。がっかりして寝台に引っくり返る。どんな時でも「ダモイ」は忘れられない希望であったが、それも閉ざされてしまった。これから何年、この生活が続くのか。成るようにしかならないのだから、流れに身を任すより仕方ないと割り切る。「ダモイ」第一回の者たちが、二隊に別れて収容所から出て行った。今回は皆羨ましく思って、見送る者も送られる者も手を振っている。私も見送る者の中で、涙こそ出さないが、力を落として見送っていた。捕虜の数が半数以下になったのであるが、不思議なことに毎日の「ラボータ」がなくなった。毎日勝手な時間に、食堂に行って食べ、駄弁《ダベ》り、寝る。全捕虜に「ダモイ」が命令されて、我々もその中の一員として、動いているようだった。

　政治部員が食堂に来て、皆に金を支給すると言い出した。また、また、不思議な事である。金が貰える。働いた者の賃金である。私はオーカー隊なのに、百ルーブル近くも支給された。中には三百ルーブルも支給された者もいた。良く働いたのだろうと感心する。

　収容所を賄っていたのは捕虜の労働力であった。ノルマを課せられたのもそのためで、捕虜期間中の生活は、捕虜自体の働きによって賄われ、病人や休養者が多いと給与が悪くなったのである。残った者に金が支給されたが、使い道のない、宝の持ち腐れで、皆有難がらなかった。

作業のきつい日は、休みたいと考えていたが、今日この頃の様に毎日作業のないのも辛いもので、食べて寝て、起きて食べての連続である。食堂も思い切って色々の品を作って出している。よくしたもので有ればそんなに食べたいと思わないが、なければ無理に食べたいのである。

朝食後、雑談していると、外で騒いでいる。捕虜部隊の到着である……薄汚れて、疲れ切った顔の兵が続々と庭に並んでいる。服は垢で汚れて黒くなり、顔も風呂に入ったことのないような姿である。我々も、かつては同じような姿であったと見るのであった。毎日の作業が大変だったなと思い、よく生きてきたなと思ったのである。

古くからいた捕虜が装具を持って、全員庭に集合、新入居者に兵舎を引き渡す。主役は彼らに移されて、我々は一時的な居留者となってしまった。宿舎も彼らとは別で、間に有刺鉄線が張られた。捕虜にしても扱いが違っていた。

ソ連兵の歩哨が立って、警戒は厳重である。同じ日本人の捕虜なのに、どうした事かと皆不思議がる。彼らも我々の方を見て驚いている様子で、将校の服を着た人が出てきて、話し掛けるが、歩哨が邪魔して話す事ができない。捕虜も三年の月日の間に、こんなに扱いの差があったのである。

我々が辛いと思っていたことも一時期で、後は楽であったが、あまりの違いに、彼らの姿を見て驚いたのである。

造船所という場所での「ラボータ」が、我々に幸いしたようで、民間人との同作業とエンジニア的な作業内容も労働条件を楽にしたのであった。政治部員に新しい捕虜の事を聞くが、彼はただ笑って、「早くダモイをしろ」と言うだけである。

新しい捕虜の作業は、休むこともなく続行されて、暗いうちに整列し、何処かに行き、暗くなって帰ってくる。彼らは、我々の集まりとは違って、未だに軍隊そのままであり、階級が現存していて、我々の隊のように、だらけたところはなく、きびきびして気持ちの良いものであった。見ていてよいが、実際は我々の生活の方が楽しく、今更元の姿に戻る事は誰も望むところではない。

彼らには、まだ階級章が付いていて、星が生きている様子に、私は自分の襟を見て、ほっとする。彼らから我々を見れば、民間人の集まりと思っていたのだろうが、指導者の頭の切換えが、早いか遅いかによって同じ期間にこんなにも違ってしまったのかと思ったのである。日本人にとって良かったかは、本人が後を振り返ってみたときに分かると思うのである。気の毒と言うほかはない……。敗戦後三年、まだ軍隊が生きていたのである。特に軍律と階級だけが……、誰のために……。

朝の作業で、新しい部隊の者は全員出て行った。一人残らずにである。彼らも「ダモイ」と言われてこの収容所に来たのあろうが、我々も同じ様に「ダモイ」と言われて次の収容所で作業をやるのではないかと心配になる。

古い捕虜に全員集合が掛かる。装具を持って集まる。前回と同じ様に名前を呼ばれて列から出る。私も呼ばれて「ダモイ」の列に入る。持ち物の検査があり、取られるものは何もない。政治部員が元気で日本に帰るように話している。タヌポンが相変わらず、ニコニコ笑っていた。誰にも良くしていた様で人気者であった。サブロー女医が「元気で帰りなさい」と言ってくれた。

長かった収容所生活もこれが最後かと、やはり何ともいえない気持ちになる。整列して駅に行く。政治部員も同伴である。ソ連兵がいる。駅でまた人員点呼……、引渡し終了……、貨車に乗せられて、ウラジオストックに向う。来るときは馬糞の貨車だったが、帰りは客車も付いている貨車である。客車は横になって寝ることは出来ないが、貨車はゆったりと横になっての旅である。

シベリアのツンドラ地帯を「ダモイ」列車は走る……地平線まで樹木のないツンドラだ。不毛の地と言われて、人一人住まない原野である。貨車の揺れに任せて、「ダモイ」列車は今日も走る。ガッタン、ゴットンと一定のリズムが心地よく轟く……。

ハバロフスクに着く……。一時停車で暫らくの時間が有るから降りて小休止、遠くに行ってはいけないが、散歩位は良いと許可が出る。一週間近くの長旅で、座りづめであったためか、降りて歩くと足がふらつく。町の様子は見えないが、駅としては大きい方だろう。引込み線が沢山ある。先ずは便所だが、皆貨車の陰で野糞としゃれる。用を足し終われば、時間まで見てやれと動き出す。物売りの子どもや娘が寄ってきた。玉子、酒、煙草、果物、パン、色々の物が並んだ。私は金が百ルーブル近くあるので、食べ物と煙草を買うことにして、娘に金を渡すと、喜んで紙に包んで差し出した。百ルーブルの金は大金である。沢山の品が買えたのに驚く。三年間、金を持った事も、物を買った事もなかったので、金の価値が分からない。百ルーブルがこんなに高額とはただ驚きであった。

逃亡者も出ずに、貨車はまた走り出す……。腹は満腹、旅は順調で、このまま何事もなく日本に帰ることが出来ればと皆楽しい夢のような話をしていると、途中小さな貨物駅で列車は停まってしまった。扉を開けて外を見ると、日本兵の姿があるではないか。どうしたのかと聞くと、「ダモイ」の順番待ちという話である。

ナホトカに日本から一週間に一度、船が来るので待っていると話していた。これまでウラジオストックとばかり思ってきたのが違ってびっくり……。それにすぐ乗船できないので二度びっくり……。彼らはもう一ヶ月もここにいて、作業をやらされていると言う。三度びっくりさせられた。煙草があったらくれと言ってきた。ハバロフスクで買ったロシア煙草を分けてやると喜んでどうしたのかと聞く。金を支給されたので買ったと話すと、そんな捕虜もいたのかと驚いていた。着ている服は、我々の方が綺麗である。

貨車が動き出す……。彼らに元気でなと言って別れたが、我々も何処かで降ろされ「ラボータ」かとがっかりする。

ウラジオストックに着く……。ソ連兵が連絡に走る……。下車の準備をして車中で待てと言ってきた……。やれやれここまで来て、順番待ちの「ラボータ」かと装具をまとめて待機する。

今日、日本から船が来ていて、一部の捕虜が乗船したので収容所が空いたのだと言う。

順番待ちの者たちが収容所に入れるのだという話が飛ぶ。その者たちの帰りを待つので遅くなるので、すぐ収容所に入れる部隊を入れると言ってきた。

　今着いたばかりの我々の部隊は、そのままナホトカまで直行する事に決定する。昼間明るいうちに、ナホトカに着く。下車、整列、人員点呼、呼ばれて収容所の中に入る。ナホトカの第一収容所である。庭に整列して宿舎の割当てを待つが、我々には宿舎が満員で、今夜は野宿で我慢しろと言われる。

　ナホトカの冬の寒空に野宿することになる。捕虜になって初めての野宿である。それも天幕もない夜空の下で、地面は凍ってコチコチ、吐く息も白く、凍った夜気が身体を包む……。地面に直接寝るのでは身体が堪らないので、皆いろいろと工夫して寝る。私は頭に飯盒、腰に装具、足は防寒靴で、身体全体は防寒被服で固め、身体を地面に着けない様に工夫して、毛布で覆う。明け方まで寒さ知らずに寝る。地面に毛布を敷いて寝た人は、体温で凍結が溶けて、朝、毛布が濡れてしまったと話していた。今日から第一収容所の住人となり、宿舎が割当てられる。宿舎はカクイの収容所と同じ造りであるが、帰る日も近いので心が弾む。

　新日本青年同盟の同志と呼ぶ人たちが挨拶に来た。第一収容所から第三収容所までを管理運営しているので、今後は自分たちの言うとおりに動いてくださいと言って帰っていった。その時、日本国土は、アメリカの占領下にあり、米兵が管理していると話してくれた。ソ連の捕虜から日本内地に送られて、今度は米国の監視下で捕虜生活かと、この先どうなるのかと不安になる。今のところはソ連の捕虜だが、新日本青年同盟という訳の分からない日本人の支配下にいるようである。彼らは共産主義の順奉者で、共産党員ではないようだがすごい張り切り方である。

三日目に第二収容所に入ることになる……。装具を持って庭に集合……。青年同盟の同志が来て、持ち物の点検と同時に、余計な物は収容所に置くようにと指示がある。特に金は日本では不用だから提出するようにと話し上手に持ち掛けられて、皆提出する。彼らは気取って、名前を記し感謝すると礼を言っていた。

何回目かの装具点検で物は何もなくなったが、日本に帰れるものと有る物全部出し、必需品のみとなる。取る方も取られる方も気の毒である。

この第二収容所が一番長く、七日位泊められたようである。その間に、社会主義に対する洗脳の総仕上げをやられた。「ラボータ」もあり、朝から労働歌を唄い、長い行列を作って石運びをやらせられた。最後の仕上げとかで、皆がどの程度、社会主義を理解したかを知るための会合があった。大きな講堂に集合させられて、代表者が壇上に立ち、共産主義、社会主義が如何に優れているものを話し、資本主義の悪い点を上げて、我々がソ連にいた間に、共産主義、社会主義をどのように勉強したかを話すのである。上手に話せれば合格で、次の日には第三収容所に送られ、近日中に「ダモイ」となるのであるが、なかなか好ましくいかないもので、第二収容所まで来て、また作業隊に送り返されるのであった。我々も代表者を一人話し上手な人を立てて、演説してもらった。民間人である彼は上手に話を進め、皆大きな拍手で感激したのである。「ダモイ」はできそうである。予感がする。

翌日になって、第三収容所へ移される。第三収容所は日本に帰る捕虜が休養を取る収容所で、船が来るまで毎日寝て食べて映画を見て過ごしたのである。食事も平等で、富士山型の食事の支給であった。今夜は、独ソ戦の映画があるので、皆見るようにとの事で、夕食もそこそこに映画館に行

ダモイ（ナホトカ）

く。一般市民も来ていた。ドイツがソ連人、ユダヤ人に対して行った残虐な行為の映画で、見るに忍びない場面もあって目を覆ったものである。このような映画を通じて、ソ連は我々に何を教えたいのか、また要求したいのかと考えたが、最後に戦争とは、このように残虐で不幸なものだから、二度と戦争は起こさないようにと言っていた。私たちもその通りだと思ったが、あまりのショックに頭が痛くなったのである。この映画を見たのを最後に、翌日収容所を後に乗船するのであるが、長い捕虜の生活であった。過ぎ去った日々を思い返すと、また短いようでもあった。

早朝から第三収容所は移動の準備で忙しい。船が来ているので、乗船しないと出船してしまうのだそうだ。一日待って乗せて出るのではなく、乗っても乗らなくても、船は時間が来ると出航するのである。

皆真剣な顔で支度を急ぐ。整列、人員点呼、一人ひとり呼び出されて、門外に並ぶ。名を呼ばれた。急いで門外に出て並ぶ。これで乗船できれば、「ダモイ」だ。心がはやる。早く歩き出してくれと祈る。次々と呼ばれてくるが、最後まで名のない者がいた。ソ連兵に連れられて何処かへ行った。我々の方を、じっと見て泣いている。帰れないのである。昨日まで名があったのに、どうして名が落ちたのか消されているのである。不思議なことであるが、人の事に関わっていられない。先頭はもう歩き出している。私も追って急ぐ。海の香りが鼻をつく。これが本当の海なのだ……香りなのである。大きな船が岸壁に横付けになって、我々の乗船を急がしている。もう先頭の方は桟橋を渡って乗船している。私も駆け足で乗船する。後の者も皆駆け足である。日系の看護婦さんが手を振って迎えてくれる。

「ごくろうさま、ごくろうさま」

日本の女性を見たのである。優しい笑顔があった。乗船が終わって、船倉へ。寝台が割当てられて、ほっとしていたら、船は岸壁を離れ、日本に向って出航しているのである。

「良かった、これで日本に帰れる」三年の月日は長かった。また、短かったようでもある。途中、嵐に遭って、朝方、舞鶴に着く。

舞鶴の朝

船倉の寝台で目が覚める。昨日は嵐で船が大きく揺れて、気分の悪くなる思いであったが、今は、船は揺れずに静かに動いている様子である。薄暗い船倉では、外の様子は分からない。何かが起こっている様子で、気配だけが伝わってくる。

朝食の当番集合が掛かった。今日当り、日本に着くのだがと皆心の中で思っている様子である。だが誰も口に出さない。「ダモイ」の言葉に苦しめられてきたので、その場に当たって身体で感じない限り信用しないのである。

だが、今朝の気配は違っていて、日本に着いたような気配なのである。当番が集合して食事運搬に行った。誰も口を聞く者はいない。何とも言えない重苦しい空気なのである。当番が食事と共に、大きな声で日本に着いたと知らせてきた。

皆、総立ちである……。一日でも早く日本を見たい……、気が焦る。食事どころではない。上甲板に走り上がる。甲板の上は引揚者で一杯である。目が眩しい。外は綺麗に晴れ上がって、青空が澄んでいる。

日本の空である……。

島が見え、松の緑が目に映る。日本の景色である。風の冷たさも、ナホトカと違って暖かい。忘れようとしても忘れられない故郷が手の届くところにあるのである。そっと目を押さえる。涙が知らぬうちに流れ出るのだ。泣けてくる。うれし泣きなのである……。人々の心も顔も違った感動で、この美しい松の木の眺めを受け止めている様子である。呆然として立っている者、抱き合って喜び合う者、三年の風雪に耐えて見る故郷……日本の姿なのである……。

ダモイ（舞鶴）

船が傾く……片方に皆が寄り過ぎたので、両舷に分かれるようにと指示が飛ぶ。嬉しい騒ぎの中に、船は舞鶴港に入港した。「ダモイ」の感動を乗せて……苦しみも悲しみも、皆何処かに置き忘れさせるように、ただ、喜びだけが全身を走り回っている。

上陸は明朝からと指示が出る。

船倉の中は喜びに沸きかえっている。だが、各々の心の隅に一抹の不安もある。家があるのか……、親兄弟は無事か……と。心配が新しく頭を持ち上げてきた。

私たちの運命の変わりは明日以降である。今は、誰もが無事に生きて、帰国できたことで喜び、歌も出る、踊りも出て、有頂天になってはしゃいでいるが、中には静かに友と語る姿もある。明日への希望の一刻である。感激の時間が過ぎて、船内が静かになる。もう誰も外の景色に見惚れている者はいない。船内は上陸した後の自分たちの事で、話は一杯となる。アメリカに引き渡されて、それから先どうなるのか、生きられるのか、殺されるのか……、心配はまた新たになる。

夜の帳《とばり》が船内も船外も静かに、音もなく包んでくる。夢もない、闇の訪れである。昨日からの騒ぎのうちに、夜はいつの間にか我々に安らかな眠りを与えてくれたようである。

ドラの大きな音に目が覚めた。大きく上下する船の上での起床は、シベリアの大地での眠りとは違っていたが、作業に行く集合のように、素早く起きて点呼という必要はない。当番が朝食の受け取りに出た後、食事に必要な空間を床に作って、朝食の支度を待てばよいので、ゆっくりしたものである。

今日が最後の食事である。トウモロコシの炊いたものが出た。食べる気もせず捨てる。

誰も手を出さない。上陸すれば白米が食べられるからである。白米を食べることが夢であるが、望みでもあったのだ。

下船の合図で、皆桟橋に降り立つ。

日本の陸地である……。しっかり踏んで歩く……。笑いがこみ上げてくる……大きな声を出したい気持ちである。

のぼり旗が立っている。人々が名を呼んでいた。私の名を呼んでいる人は誰もいなかった。

集会所に連れて行かれて、装具の消毒、頭から「DDT」※の散布、消毒槽に入浴、新しい被服の支給、金三百円の支給と食パン、乾パンの交付、色々と忙しい中に、帰郷の支度が出来上がっていく。電報を打つ者、電話をする者、私には親が何処にいるか分からないので何もしなかった。皆の騒ぐ姿を見ていたが、熱っぽい身体が気だるく何もしたくないのであった。明日は汽車に乗って故郷へ、生まれた田舎へ、父母の元へ、皆嬉しそうに騒ぎ回っているが、私は熱が高く、四十度を越していた。看護婦さんが来てくれて、その日のうちに入院……。帰国の第一歩が、入院で幕が開いたのである。

一週間の入院生活は、心からの看病で毎日が感謝の日々であった。長いシベリア生活の疲労から出た熱なのか、または下痢による悪い病気の熱なのか分からぬまま一週間が過ぎて、次の引揚者の人たちとともに病院を出て舞鶴を後に、故郷への旅に出るのである。

懐かしい我家に着くまでには、色々の事があったが、思い出しても腹の立つ事がある。京都駅での馬鹿にされた言葉は、終生忘れる事の出来ぬ思いである。

「乞食の様な奴が帰ってきた……」

じっと睨んだが、どうしようもなかった。

車内で買った、羊羹の甘かった事が思い出に残る。三百円の余りに使い道のなさに驚いたのである。

「ダモイ」の日本……。

「ダモイ」故郷……。

父母の待つ田舎へと夢と希望を乗せて、列車は日本の国を走り続ける。

※ 農業用殺虫剤

おわりに

私たちのような捕虜生活をした者と、辛い苦しい捕虜生活をした者と、生活の内容は違っていても他国に捕虜として抑留され、働かされた事は惨めな思いであった。話はいろいろと語られるが、事実は皆不愉快で悲惨であったことである。戦争は、戦勝国も、敗戦国も、国民は皆犠牲者であって、犠牲は死んだ人だけにあるのではなく、生きていた人たちにも大きな犠牲が払われていた事は忘れられない事実なのである。戦争犠牲者は、日本国民総ての人々であると同時に、世界の人々も同じである。二度と戦争は起こしてはならないと若い人たちに願うのである。

昭和五十八年八月十五日

埜　人　生

終わりにあたって

ダモイ後の茂夫

ソ連抑留から帰国した茂夫は、昭和二十二年四月二十七日に日本に上陸し、まず生まれ故郷の栃木県小川町に行き、両親に会い、そして、横須賀に戻り、就職活動を始めた。その結果、昭和二十二年八月に司法大臣官房会計課（戦災復興院嘱託兼務）に勤務することになり、その後、昭和二十三年六月に最高裁判所事務総局経理局営繕課勤務となる。

私生活では、結婚し、家庭を持った。

仕事では、戦争で破壊された官庁建物の復興建設にひたすら従事した。最高裁判所勤務後は、全国の裁判所庁舎の建設に従事したが、その一端を記せば次のとおりである。

昭和二十三年六月頃から、最高裁判所司法研修所小石川分室の建築を設計主任として総合的に行った。

昭和二十三年十二月頃から、横浜家庭裁判所の建築を設計主任として総合的に行った。

この他にも、津家庭裁判所、名古屋地方裁判所半田支部、広島地方裁判所三次支部等大車輪の様子がうかがえる。

この頃の茂夫は、一か月のうち、半分は日本全国に出張し、東京にいるときは、役所だけではなく自宅でも真夜中まで製図板に向かい、鉛筆で設計図の線を引いていた。このような仕事振りは、彼だけではなく敗戦で何もなくなった日本を再建しようと、日本全体であらゆる場面で新生日本を作り上げようとする全ての国民の仕事振りであったといえよう。

その後、茂夫は、最高裁判所の新営や各高等裁判所、そしてそれ以外の下級裁判所の新営等の工事に従事し、昭和五十一年に五十六歳で最高裁判所を退職した。十七歳で海軍建築部に入り、建築技術者の道を歩み始めて約四十年に及ぶ実務家としての生活が終わった。

労働証明書と裁判

大森茂夫という建築技術者が、なぜソ連の捕虜になり、シベリアに抑留されなくてはならなかったのか、その原因は何なのか、最後にその点について考えてみたい。

私の手元に、「労働証明書」なる書類がある（巻末参照）。それは、一九九二年三月二十

六日　№587－P、ロシア共和国副首相A・ショーヒン名のロシア連邦政府命令、内容は「ロシア共和国公文書委員会とロシア外務省は個人の申請にもとづいて公文書館に保有されている書類により、第2次大戦のあとソ連領地内における捕虜のときの、労働証明書を発行すべし」に基づいて、中央国立特別公文書館館長V・N・ボンダレフが、一九九三年十月二十日に大森茂夫あて、捕虜の場所を第二十五地区スレテンスク、捕虜の時期を一九四五年八月十六日から一九四七年四月二十日まで、支払わなかった賃銀残額二千九ルーブル、「上述の賃銀残額は帰国の時に支払うべきであったが、ソ連ルーブルの外国への輸出禁止のためにできなかったものである」ということを内容とする証明書である。この証明書をロシアから発行してもらうために、実に四十五年もの長い間、全日本抑留者協会の運動があったわけであるが、そもそも「労働証明書」とは何なのだろう。

全日本抑留者協会が発行したパンフレット「シベリア抑留者の労働証明書について」(巻末参照) によれば、以下のように説明されている。

「シベリア抑留者の皆さんに　労働証明書とは何でしょう

■米英抑留者の場合

戦時に捕虜となり、労働に服した兵士に対して、国際法は賃銀を支給することを定めています。この労働賃銀は、日常の小使い銭としてタバコや食品を購入したり、帰国の際にはその残額が支給されるシステムです。

このことは一九〇七年のハーグ陸戦法規の第六条に規定されています。第二次大戦でアメリカ、イギリス、ニュージーランド等で捕虜になり労働に従った兵士がその対象となりました。しかし、帰国する際、何れの国もドルやポンド等の邦貨を外国に持出すことが禁じられていましたから、代って労働証明書を発行しました。国際法では、証明書に記載された未払労働賃銀を、捕虜の母国（この場合は日本政府）で支払うことになり、その通り実行されました。日本における米英帰還兵でその支給を受けた人の総数は約六万名となっています。

■ソ連抑留者の場合

ソ連は日本軍兵士全員を捕虜とし、労働を強制しました。短い人で一年半、長い人では数年にもなります。ソ連も米英と同じくルーブルの国外輸出を禁止していましたから、労働証明書を発行する義務がありました。しかし、スターリンは強制労働の実態を世界に知られることを避けるため、労働証明書を発行しませんでした。

全抑協の長い間の運動が実って、この度、ようやく四十五年ぶりに発行されることになったものです。労働証明書は、抑留者とその遺族は公平に誰でも請求することが出来ます。—原文のまま」

以上から、日本兵のソ連抑留には、ソ連の最高指導者であったスターリンが深く関わっていたことが分かるが、昭和二十年八月に日本が敗戦し、日本処分が行われたが、それがどのように行われたのかを見ていくことにより、ソ連抑留がなぜ起きたのかが分かって来るので、次にその点を記す。

まず、最初に、被抑留者の見解を見てみよう。

「昭和二十年八月に、日本は連合国に降伏した。トルーマン・アメリカ合衆国大統領は、連合国の占領すべき地域、つまり日本の領土および植民地につき線引きして分配した（対日占領命令一号）。この対日占領命令一号では、ソ連は満州全域と朝鮮の半分、南樺太と千島列島を占領することになった。これにスターリンは不服であった。日本本土が含まれていない。そこでスターリンは、「日本軍は、一九一八年代のシベリア出兵で、我国の本土を長く占領して、国民に多くの被害を与えている。日本の占領なしには、我国民は承知しない。我軍は日本本土の占領を要求し、北海道の留萌を軸に北半分の占領を要求する」

として、アメリカと激しい論争を八月十五日から同月二十二日まで行ったが、アメリカのトルーマン大統領は、スターリンの要求を拒否した。スターリンは、アメリカの依頼を受けて、日本に宣戦した経緯があるので、「アメリカがそのような返事を出すとは思ってもみなかった」と、アメリカの背信を責めたが、アメリカの決定は変わらなかった。

そこで、八月二十三日、スターリンはソ連軍最高司令官として、五十万人を超える武装解除された日本兵らを強制労働要員としてソ連に連行せよとの緊急命令を現地司令官に発した。連行された者は、軍人、軍属だけではなく、民間人も女性も子どももいた。日本兵の中には、朝鮮や台湾出身者もいた。彼らは、東京へ帰す（ダモイ、トウキョウ）と騙されて、シベリアから中央アジア、北極圏、モンゴル、そしてレニングラード、モスクワ、カスピ海、アルマァータ、ドニエプロなどヨーロッパ、ロシアにも広く抑留された。このように捕虜がソ連全土に抑留されたのは、北海道占領の身代わりになったということとスターリンが日本に勝利した現物証拠として、全国民に知らせるものであったと考えられる。」

以上は、全日本抑留者協会の会長斎藤六郎氏（後記注一）が山形市の経営者協議会で行った講演を再録したもの（全抑協広報第一五三・一五四合併号一九九三年一月五日）から、日本敗戦直後の部分を要約させていただいた。

さらに、戦前、戦後を政治家として生き、自由民主党の国会議員で農林大臣、内閣官房長官、防衛庁長官を歴任し、日ソ親善協会会長でもあった赤城宗徳氏は、著書の中で、捕虜のシベリア抑留について、次にように述べている。

「終戦直後における捕虜のシベリア抑留にしても、私には、スターリンは帝政ロシアの習慣を不用意に、あるいは当然のものと考え、引き継いで、あの不法を敢えてしたように思われる。ロシアではイワン雷帝、ピョートル大帝の時代にも、捕虜を抑留して賠償代わりに労役に服させた故事があり、それを敵対する者に対する懲罰としたと言われている。だから、ポツダム宣言を無視しての捕虜抑留は、甚だロシア的ではあっても、マルクスやレーニンの教義から導き出されたとは言えない。無論、被抑留者は日本人だけではない。ドイツ、イタリアその他の戦敗国の捕虜も同様の憂き目に遭っている。

次のようなこともある。それは、当時のソ連は、日本とともに、一九二九年の捕虜に関するジュネーブ条約に加入していなかったことだ。日本が加入していなかったのは、「生きて虜囚の辱めを受けず」という戦陣訓の精神からだったのだが、ソ連も未加入国だったことは、この場合、大きな盲点だった。ロシア＝ソ連の国柄とこれらのことを少なくとも軍、外務省は、ソ連と事を構える前に、十分知っておくべきだった。

帝政ロシアのやり方を、ソ連になってからも用いたところに、ソビエト・ロシアの後進性が見られ、これはソ連史上の重要な汚点だと私は思う。が、かと言って多数の日本人捕虜をソ連で強制労働に従わせるような結果を招いた、それに責任ある人々が、自分の責任には触れずに、今も専らスターリン時代のソ連を非難しているのは感心しない。」（赤城宗徳著「日ソ関係を与える」一九八二年第一刷発行、新時代社）

以上から、ソ連抑留の経緯や原因が概ね理解できたが、対日占領命令一号の他に、ポツダム宣言が発布され、八月十四日に日本がこれを受諾した結果、戦争が終わったとされる（実質は、九月二日の東京湾上の戦艦ミズーリ号で、日本政府と陸海軍代表が、連合国代表を前に降伏文書に署名した結果、十五年にわたる戦争が終わった。九月二日までは戦争が行われていたことになる。）が、そのポツダム宣言には、民主化の諸方策、財閥解体、戦犯裁判等の他には、日本軍兵士は武装解除が済んだら帰国させるという規定があった。米、英、中に捕われた日本兵は、直ちに復員が開始され、約一年半の間に、二百万人以上の兵士が帰還した。ソ連の場合は、短くて一年半、三年から五年、そして、長い人では十二年もの間、強制労働に服したのである。ポツダム宣言はアメリカ、イギリス、中国の名で発表されていた。

米、英、中に捕らわれた日本兵が、一年半の間に日本へ帰還してくる状況の中、シベリア抑留者の問題は、当時の日本でどのような状況であったのだろうか。

自身もシベリア抑留三年余りの作家、いまいげんじ氏が（シベリア追想）「国家とは何か」の中で次のように書く。

「敗戦の混乱と窮迫のどん底で、国民は放心虚脱、食を求めてさ迷い、政治家も役人もただ占領軍を恐れ、迎合に汲々たるのみの一九四五年十一月の末、大木英一氏は吾が子を思う一念から、敢然とたった一人で手製の幟を持って、大阪鶴橋の駅頭に立ち、シベリヤ引揚促進を道行く人によびかけた。

大木氏の悲痛な叫びは忽ちシベリヤ抑留の肉親を持つ留守家族たちの心をとらえ、シベリヤ引揚運動は燎原の火の如く燃え拡がった。敗戦翌年の九月、二万人の全国留守家族を集めた宮城前大会における大木氏の火を吐く絶叫を放送したNHKラジオの録音がある。

「(中略)重労働で栄養失調で毎日仆れていく兵士が、国を出るとき何とした。赤紙一枚で招集され、天皇陛下のためだ、お国のためだといって万歳と日の丸で送った兵士ではありませんか。それが、政治家は「早く帰れば食糧に困る(中略)」何たる暴言でありますか!(中略)皆さん、今日は仲秋の名月であります。シベリヤを照らす月も、わが日本を照らす月も、月に何の変わりがありましょう。シベリヤに居る吾々の肉親たち、親、子、兄弟、夫が、この名月をみて故郷を想い、恨めしそうに天を眺めておるのでしょう。吾々はね、人間であります。犬でもわが子を取られたら噛みつくじゃありませんか!わが子や夫を取られて黙っている肉親がどこにあるか!」

続く翌年三月の京都本願寺十万人大会、さらには奈良三笠山の枡叩き大会。

「夫を返せ!子を返せ!父を返せ!」

老若男女二万六千の大群衆が、手に手に持った一升枡の底も割れよ、火吹竹も折れよ、火を噴く思いで一ショウ恨みマスと打ち叩きながら叫ぶ異様な大合奏は深夜の三笠山を揺るがせ、春日神社の老杉にこだましたが、この光景は広く海外にも報道された。金も要らぬ、命も要らぬと、先祖伝来の畑を売り、藪を売り、時計まで売って運動費をつくり、マッカーサーに訴え、吉田首相に噛みついた大木英一氏の烈々たる気魂よ！

この烈しい引揚運動の国際世論への影響を憚ったソ連が、日本人七年間長期抑留の方針を変え、送還の時期を早めたのであった。

一九四七年二月二五日、大木英一氏を代表とする帰還促進連盟は、吉田首相に対して、「天皇の人間宣言の日より以降、シベリヤ抑留より帰還復員の日までの労務給料の支払いと全員の復員促進の保証、そして抑留者の交代制度を布くこと等々政府は速やかに全留守家族に対して回答せよ。」と迫ったが、吉田内閣は何等の措置も回答もしていない。

その後、約三十年間、歴代の政府も議会もシベリヤ抑留者幾十万人に対する補償問題には全く触れなかった。

一九七四年三月、九州伊万里市の前田昭広氏が口火を切った抑留補償要求の運動は各地に波及し、全国的な組織が結成された。組織発足以来十年余、分裂などのさまざまな曲折はあったが、補償実現に今にも手が届きそうになったこともあったが、実現せず、抑留者に対し、日本政府は、銀杯一個と首相の賞状を配布した。

一方、斎藤六郎氏らの全国抑留者補償協議会がシベリヤに抑留された捕虜が強制労働に従事させられたことへの補償を求めて、政府を相手に裁判を提起した。」（前掲全抑協広報

第一五三号・一五四号合併号より要約）

この裁判は、一九八九年四月十八日に、東京地方裁判所で原告の請求棄却の判決が出て、一九九三年三月五日の控訴審判決も東京高裁が請求を棄却した。その後、最高裁の上告事件も一九九七年三月十三日に棄却となり、捕虜抑留者達の補償請求は認められなかった（後記注二）。

以上にみられるように、捕虜となったシベリア抑留者に対し、戦後から現在に至るまで、日本国は一貫して冷たかったといえるのではないか。

日本兵と同じようにシベリア抑留となったドイツ兵に対し、ドイツ国は一九五四年「旧戦争捕虜ドイツ人の補償に関する法律」を制定し、①日本円で上限八十万円の補償支払、②住宅建設、事業資金の無利子・低金利融資の用意などを行った。

注一：　斎藤六郎氏は、全国抑留者補償協議会（全日本抑留者協会）の元会長。故人。二十歳のとき、ソ連軍の捕虜となる。ハルピンにあった関東軍第四軍軍法会議書記官で法務軍曹を勤めているときであった。その後、「東京ダモイ」と騙されて、汽車に乗せられ、十七日間、シベリアを目指して走り、着いたところがタイシェット地区。後に地獄のネーベルスカヤと言われた、人口数百人のタイガー（針葉樹林帯）の中の一寒村である。この小村に四万人の兵隊が寒さに打ち震えながら貨物列車から降ろされた。寝るところも、風を避ける場所もない。捕虜たちは不眠不休で住居建設に取り掛かり、即製のバラックを徹夜で作り、その中で超満員のすし詰めになりながら一冬を越した。このネーベルスカヤ一冬の死者は、二千八百人、月に八百人の死者が出た。斎藤氏は、このような苛酷な抑留体験をした。

斎藤氏は日本帰還後、全日本抑留者協会の会長として、ジュネーブ条約の完全実施と人道精神昂揚を旗印にソ連抑留の様々な問題に取り組んだが、特に彼が中心となり、ソ連政府と掛け合い、労働証明書を発行する取り決めをすることができた。

全国抑留者補償協議会は、一九七九年に結成され、シベリア特措法成立と会員の高齢化により、二〇一一年五月に解散した。

労働証明書については、日本政府は、元々全日本抑留者協会という民間団体を通じて、ロシア共和国政府から交付されるものなので、正規の公文書とは認めてはいないようだ。

注二：シベリア抑留捕虜強制労働補償事件

事案の概要は次のとおり

旧満州および朝鮮に侵攻していた日本軍の兵員は、一九四五年八月八日の旧ソ連軍の参戦後、同軍により武装解除され、その後、日本がポツダム宣言を受諾して以後もシベリアおよび中東アジアなどに捕虜もしくはその時点では四人として抑留され、強制労働に従事させられた。

本件は、それらの元日本人抑留捕虜が捕虜の待遇に関する一九四九年八月十二日のジュネーブ条約（第三条約）、慣習国際法規、憲法二九条三項および国家補償法を根拠に、国に対して抑留期間中の労働に基づく貸方残高（抑留国の未払い賃金）の支払い、および労働に基づく負傷や身体の傷害等に対する補償を求めて請求したものであるが、第一審では、事実について争いはないものの、その主張については理由がないとして請求が棄却された（平成元年四月十八日東京地裁判決）ために、その判決を不服として、更に国が支払い義務を遅滞したことの違法を理由とする損害賠償を新たな請求として加えて控訴したものである。

結果は控訴棄却（東京高等裁判所平成五年三月五日第十六民事部判決）

「本件訴訟においては、国際法上注目されるのは、原告が抑留中の未払い賃金補償の主要な根拠として、『捕虜の待遇に関する千九百四十九年八月十二日のジュネーブ条約』（ジュネーブ第三条約）六十六条、六十八条および自国民捕虜補償に関する国際慣習法を採用したためである。この主張では、①ジュネーブ第三条約の適用の可否、②国際慣習法の成否、③ジュネーブ第三条約および国際慣習法の国内適用可能性の有無が具体的争点となった。

東京高裁は、基本的には上記三点の主張を否定して、原告の請求を退けた原審の東京地裁の判断を踏襲した。控訴審判決は、国際慣習法の国内適用可能性を原則的に否定すると解することができる議論を行い、国際慣習法の適用可能性について、原審よりも一層厳格な判断を示した点が注意を引く。（小寺彰東京大学助教授「国際法判断の動き」ジュリストNo.１０４６）」

本件は、最高裁判所に上告されたが、最高裁第一小法廷は、平成九年三月十三日、一、二審を支持し、上告を棄却した。

父のつぶやき

父、大森茂夫が、この「シベリア日記」をなぜ書いたのかをいろいろと考えてきたが、これだという確かなものは掴めなかった。ただ、一つ言えることとは、最高裁判所を退職した後に執筆を始めているということである。戦前の若い頃は、海軍建築部、陸軍飛行機整備兵、そしてソ連抑留と巨大な権力に鷲づかみにされるような場所に身を置き、自由意思とは遠いところに身を置いていたわけであるが、戦後も最高裁判所という国家権力を行使する組織の中に身を置き、ひたすらその組織の建物の設計、監理の仕事に没頭していた。仕事一筋、毎日毎日が忙しく楽しいこともあったであろうが、仕事人間であった。しかし、退職すると時間が沢山あり、彼の周りを覆っていた国家権力的要素が消えたのではないだろうか。彼は自由意思と自由時間を手にしたのだ。

それとともに執筆を続けていく力の源には、孫娘の存在があったとも思う。父が退職した翌年に、私たち夫婦に娘が生まれた。私たち夫婦は共働きであったので、妻の産休明けには保育所に娘を預けることを計画していたが、それを知った彼は、断固反対し、最後には自分たち夫婦に孫娘を預けるよう提案してきた。母と妻は戸惑い、内心は反対だったかも知れないが、了承し、生後四か月から孫娘は、父と母に昼間は預けられることとなった。なぜ彼はそのような行動に出たのだろう。一つの理由を推測するならば、彼は生まれて直ぐ、母親から引き離され、遠い母方の祖母宅に引き取られ、祖母宅の跡取りとなるべく、祖母や子守女たちに養育されたという経験があったから、孫娘が昼間だけとはいえども他人に預けられるということは不憫で悲しく、いたたまれなかったからだろう。彼は、それはそれは孫娘を可愛がった。近所では、今でも彼と孫娘の散歩の話が出ることがある。その彼が、横に孫娘を置きながら、「シベリア日記」を書いていたようだ。幼児の頃の彼女に絵を描くことを教えてくれたのも彼であり、後年になって、娘が私にこのように言う。「祖父が、私に漫画を描くのを教えてくれた。祖父も私が幼稚園児の頃、漫画のような絵を描いていて、戦争はいけない。やってはいけない、とつぶやいていた」

この彼が描いていた漫画のような絵というのが、「シベリア日記」の中で描かれている絵であったと思う。父、茂夫は、五歳の孫娘を横に置いて、戦争はいけないと念じつつ、この「シベリア日記」を書き続け、二度と戦争はしてはいけないという願いを若者に託すつもりで、この「シベリア日記」を書き上げたのだろう。

孫娘の回想は続く。「私が高校生の時、祖父からこの「シベリア日記」の原稿を渡され、コピーを取ってくるよう頼まれたことがある。その時祖父は、『「シベリア日記」は一部と二部があって、コピーを頼んだのは、一部の方で、二部の方は頭の中にある。二部の方は、悲惨で辛い、地獄での体験のようなもので、とても字で書き表すことができなかったし、それらは多数の抑留体験者が書いているので、自分は抑留体験の中でも、そのようなもの以外の、より人間的というか、人間のおかしみや悲しみ等の体験を書いておこうと思った』と祖父は言った。

私は、その時は祖父の言っていることがよく理解できなかったが、自分も子供を持つ母親になって、少しは祖父の心が分かるような気がする。非人間性の極限や動物以下の行動、生命の無視、それらを書けば、強い衝撃が走り、人の心にぬぐいがたい刻印を残すと思う。でも、人はそれだけを見ていたら、調和を崩すと思う。一方に、人間的なもの、当たり前の平凡さ、退屈しそうな繰り返しがないと、人は壊れていくのではないか。祖父はそれらがほとんど存在しないと思われる捕虜抑留期間中でも、人間存在を肯定できるようなものを捜し記録し、私たち子孫に示したかったのではないか。特に現在の世界の情勢や日本の社会の動きを見ていると、そう思う。」

そういえば、父は子供が好きだった。自分の子や孫ばかりでなく、近所の子供達と友達だった。町内会の老人会会長のときは、近所の小学校で行われた昔遊びを教えるという行事によく出掛けていた。小さな日常の繰り返しを愛おしんでいた。

そんな父が、私に「寂しい思いをしたことが二度あった」と言ったことがある。父が七十代の時だと思う。一度目は、戦後、捕虜となり、ソ連抑留、シベリア送りとなったときで、「捕虜となった以上は生きて日本に帰れないと思い、その後、追い打ちを掛けるようにシベリア送りと聞いたとき、天皇が自分たちを売ったと思って、とても寂しい思いがした」と言った。二度目は、ソ連抑留が終わり、ソ連から舞鶴港に帰ってきて、日本の社会が帰還者にことのほか冷たいと感じたとき、寂しさが胸を突いたようだ。生きて捕虜になってはいけない。捕虜になるくらいなら自死せよと教えられ育った日本男子が、捕虜となり、シベリアに抑留され、死なずに生きて日本に帰ってきたときの心の中は、それはそれは複雑なものがあったであろう。「捕虜になるな！」これは物凄い重圧であったはずだ。捕虜になったという事実が、父に戦争体験を話さなくしたし、寂しいというような表現になったのかも知れない。

捕虜になるということは、戦前の日本人にとっては、大変不名誉で、死にも値するものであった。それは一九四一年東条英機陸相名で全陸軍に下された戦時下における将兵への心得である戦陣訓の「生きて虜囚の辱めを受けず」からきているように思われるが、実はこの戦陣訓のできる前から、捕虜になった将兵に対する日本軍の扱いは、苛酷を極めたものだった。例えば一九三九年に起きたノモンハン事件では、ソ連軍の捕虜となった将兵に対し、「虜囚の身となったことを恥じて自決せよ」と日本陸軍が強要したという。

戦後生まれで、軍隊も戦争も知らない私は、この戦陣訓のような考えが持つ力は実際のところよく分からない。しかし、戦前生まれの日本男子はこの戦陣訓に込められた考えにしっかりと縛られていたのだろう。父も戦陣訓の呪縛に搦め捕られていたのかも知れない。だから戦争の話も、捕虜としてのソ連抑留の話も戦後三十年間はほとんどしなかったのだと思う。長い年月の経過が、その呪縛を徐々に解き放していき、この「シベリア日記」を書き上げるところまで心の解放が行われたのかも知れない。

父、茂夫が、この「シベリア日記」を書き上げた日、すなわち昭和五十七年八月十五日が、捕虜・シベリア抑留者大森茂夫が名実ともに日本国へ帰還した日だったのかも知れない。

資料

労働証明書

СПРАВКА О ТРУДЕ

全国抑留者協会
Всеяпонская ассоциация бывщих военнопленных

Государственная архивная служба
Российской Федерации
Центр хранения историко-документальных коллекций
125212, Москва, Выборгская ул., 3
Телефон 159-73-83

№ 31362

________ N ____________

На N ________ от ________

СПРАВКА О ТРУДЕ

ИМЯ, ФАМИЛИЯ	ОМОРИ СИГЭО
МЕСТО РОЖДЕНИЯ	преф. ТОТИГИ, у. НАСУ, д. НАКА
ГОД РОЖДЕНИЯ	1922 г.
МЕСТО ПРЕБЫВАНИЯ В ПЛЕНУ	ЛАГЕРЬ № 25, СРЕТЕНСК
ПЕРИОД ПРЕБЫВАНИЯ В ПЛЕНУ	16.08.1945 г. - 20.04.1947 г.
СУММА НЕВЫПЛАЧЕННОГО ЗАРАБОТКА	2009 руб.

Достоверность данных подтверждаю.

Вышеуказанная сумма невыплаченного заработка подлежала выплате при репатриации. Однако этот расчет не был произведен в силу запрета вывоза советских рублей за пределы СССР.

Заместитель директора
Центра хранения историко-документальных коллекций

В.Н. БОНДАРЕВ

"20" октября 1993 года

資料

No. 31362

閣僚会議付属最高公文書館
中央国立特別公文書館
ウィボルスカヤ通り3

労働証明書

氏名	大森　茂夫
生まれた場所	栃木県那須郡那珂村
生まれた年	1922年
捕虜の場所	第　25　地区　スレテンスク
捕虜の時期	1945.8.16 − 1947.04.20
支払わなかった賃銀残額	2,009 ルーブル

資料の真実を確認するに正確である。上述の賃銀残額は帰国の時支払うべきであったが、ソ連ルーブルの外国への輸出禁止のためにできなかったものである。

中央国立特別公文書館館長
V・N・ボンダレフ
1993年 10月20日

シベリア抑留者の労働証明書について

全日本抑留者協会
本　部　山形県鶴岡市大字茅原宇船橋四六ー二
代表部　ロシア共和国モスクワ市クツーゾフ通

シベリア抑留者の皆さんに

労働証明書とは何でしょう

■米英抑留者の場合

戦時に捕虜となり、労働に服した兵士に対して、国際法は賃銀を支給することを定めています。この労働賃銀は、日常の小使い銭としてタバコや食品を購入したり、帰国の際にはその残額が支給されるシステムです。

このことは一九〇七年のハーグ陸戦法規の第六条に規定されています。第二次大戦でアメリカ、イギリス、ニュージーランド等で捕虜になり労働に従った兵士がその対象となりました。しかし、帰国する際、何れの国もドルやポンド等の邦貨を外国に持出すことが禁じられていましたから、代って労働証明書を発行しました。国際法では、証明書に記載された未払労働賃銀を、捕虜の母国（この場合は日本政府）で支払うことになり、その通り実行されました。日本における米英帰還兵でその支給を受けた人の総数は約六万名となっています。

■ソ連抑留者の場合

ソ連は日本軍兵士全員を捕虜とし、労働を強制しました。短い人で一年半、長い人では数年にもなります。ソ連も米英と同じくルーブルの国外輸出を禁止していましたから、労働証明書を発行する義務がありました。しかし、スターリンは強制労働の実態を世界に知られることを避けるため、労働証明書を発行しませんでした。

全抑協の長い間の運動が実って、この度、ようやく四十五年ぶりに発行されることになったものです。労働証明書は、抑留者とその遺族は公平に誰でも請求することが出来ます。

■労働証明書の申請方法について

労働証明書を必要とする人はロシア文で一定様式による申請書を提出します。それは先方に保管されている書類のすべてがロシア語で作られているからです。

何十万人とある当時の記録と照合して一人一人の書類を認証して貰うことには大変な時間と労力を要します。全抑協はモスクワに代表部を設置して、希望者には申請代行をお世話しております。希望者は同封の用紙（二枚）に申請手数料として二、〇〇〇円を添えてお申込み下さい。証明書が出来あがってきた際に翻訳料（日ロ両文）として六、〇〇〇円と郵便料実費を寄付して頂くことになっています。

■ 申請書の記入方法

1、申請書の全欄にもれなく記入して下さい。
2、楷書で記入して下さい。
3、年月日はすべて西暦によって下さい。裏面の「年号対照表」を見て正しく記入して下さい。
4、最後の収容所名とはナホトカに集結する以前の労働収容所のことです。
5、氏名と出生地にはひらがなをふって下さい。ロシア語に翻訳するとき必要です。出生地は当時の郡・市・町・村名を記入して下さい。
6、ソ連を離れた時期と乗船名は特に間違いないように次頁の「ソ連抑留者出国一覧表」を参照して記入して下さい。
7、一九五〇年四月二二日に一般日本人の帰国は終了しております。それ以降の長期抑留者の方は、無罪再審請求を先にすることが必要ですので別に連絡して下さい。
8、ソ連の捕虜収容所に入らず、労働をしなかった人は申請対象となりません。労働をした人は将校でも対象となります。

右の事項に間違いがありますと、書類は却下になってきますので、充分に注意して、書いたら一度読み直して下さい。

■ 郵便の差出宛名

〒九九七
山形県鶴岡市大字茅原字船橋四六－二
全日本抑留者協会

記入例

労働証明交付申請

氏名（ふりがな） （ソ連にいた時の氏名）	（いとう いちろう） 伊藤 一郎
（ふりがな） 出生地	（やまがたけんつるおかしみっかまち） 山形県鶴岡市三日町35
生まれた年（西暦）	1920年 5月 10日
最後の収容所名	第 1 地区 ムリー 収容所
ソ連を離れた時期	1947年 5月 18日
ソ連から出てきた地名	ナホトカ、真岡、黒河、綏芬河
乗船名	恵山丸

ロシア共和国中央国立公文書館長 殿

私は旧ソ連邦で捕虜とされ収容所で上記のとおり労働に従事しました。よって労働証明書を交付されたく申請致します。

1992年 2月 25日

■ 請求人現住所氏名
電話番号、郵便番号

現住所 山形県鶴岡市新町1丁目9の41

氏名 鈴木 一郎

電話番号 0235－42－1234 郵便番号 997

■ 本人死亡のとき遺族
代表者の住所氏名
電話番号、郵便番号

現住所

氏名

電話番号 － － 郵便番号

ソ連抑留者出国一覧表（舞鶴入港）

■一九四六年（昭和二十一年）

12月	12/5大久。12/5恵山。

■一九四七年（昭和二十二年）

1月	1/1明優。1/3遠州。
2月	（大連発）2/10辰日。（大連発）2/10信濃。（大連発）2/15大瑞。（大連発）2/17栄豊。（大連発）2/20永徳。（大連発）2/21英彦。
4月	4/4明優。4/6大郁。4/7信洋。4/12米山。4/15永徳。4/19明優。4/22大郁。4/25信洋。4/27米山。4/29明優。
5月	5/3大郁。5/6第一大拓。5/8永禄。5/11遠州。5/15米山。5/17恵山。5/23永禄。5/25高砂。
6月	6/3遠州。6/6米山。6/9恵山。6/12永禄。6/15第一大拓。6/17遠州。6/22米山。6/25山澄。6/25栄豊。（興南発）6/30信洋。
7月	7/3恵山。7/6永禄。7/9第一大拓。7/11遠州。7/14信洋。7/19恵山。7/21永禄。7/24高砂。7/24第一大拓。7/27遠州。7/31恵山。
8月	8/3永禄。8/6第一大拓。8/9信濃。8/11遠州。8/15米山。8/18永禄。8/21山澄。8/23信濃。8/26高砂。8/30米山。
9月	9/3遠州。9/5高砂。9/9信濃。9/20恵山。9/24遠州。9/24栄豊。9/25白竜。9/27信洋。（青島発）9/21LST73。9/29高砂。
10月	10/3第一大拓。10/6恵山。10/10栄豊。10/13遠州。10/15信洋。10/17高砂。10/22永徳。10/23白竜。10/25新興。10/25北鮮。10/25雲仙。10/26恵山。10/28第一大拓。10/28高砂。10/31遠州。
11月	（興南発）11/5宗谷。11/7信濃。11/16白竜。11/17永徳。11/18恵山。11/22第一大拓。11/23高砂。11/26遠州。11/29朝嵐。
12月	12/2山澄。

■一九四八年（昭和二十三年）

5月	5/3明優。5/6永徳。5/6信濃。5/9信洋。5/11恵山。5/21朝嵐。5/22高砂。5/25山澄。5/26大郁。5/27明優。5/28第一大拓。5/29永徳。5/30信濃。

月	
6月	6/2高砂。6/9信洋。6/11英彦。6/13栄豊。6/15恵山。 6/17遠州。6/18明優。6/21永徳。6/23第一大拓。6/24信濃。 6/26信洋。6/29英彦。6/30栄豊。
7月	（元山発）7/3宗谷。7/4高砂。7/8朝嵐。7/9恵山。 7/11遠州。7/13大郁。（大連発）7/13山澄。7/14信濃。 7/17第一大拓。7/18英彦。7/21栄豊。（大連発）7/21高砂。 7/23朝嵐。7/25恵山。7/26明優。
8月	8/9遠州。8/11永徳。8/13信濃。8/15第一大拓。8/17大郁。 8/19山澄。8/21栄豊。8/22信濃。8/25恵山。8/27遠州。 8/29永徳。8/31信洋。
9月	9/8明優。9/9高砂。9/12朝嵐。9/13第一大拓。9/15大郁。 9/18信濃。9/21山澄。9/23遠州。9/25永徳。9/27英彦。 9/29信洋。9/30明優。
10月	10/10高砂。10/13朝嵐。10/15栄豊。10/17大郁。10/18信濃。 10/20信洋。10/23山澄。10/26遠州。10/27永徳。10/29英彦。 10/30恵山。10/30高砂。
11月	（北鮮発）11/13美保。11/15朝嵐。11/17栄豊。11/19大郁。 11/20信濃。11/23信洋。11/24山澄。11/28第一大拓。11/28明優。 11/30永徳。11/30遠州。
12月	12/1英彦。12/1朝嵐。

■一九四九年（昭和二十四年）

月	
6月	6/24高砂。6/27永徳。6/29第一大拓。6/29信濃。
7月	7/17英彦。7/17大郁。7/19遠州。7/19恵山。7/22信洋。 7/25山澄。7/26明優。7/29栄豊。7/30高砂。
8月	8/4信濃。8/6永徳。8/9第一大拓。8/21大郁。8/23英彦。 8/25遠州。8/27恵山。8/29山澄。8/30明優。
9月	9/15遠州。9/17英彦。9/20栄豊。9/21明優。（大連発） 9/20高砂。9/24信洋。9/24信濃。9/26永徳。9/30第一大拓。 9/30大郁。（大連発）9/30山澄。
10月	10/16高砂。10/19遠州。10/21英彦。10/22明優。10/24栄豊。 10/26信洋。10/28信濃。
11月	11/1永徳。11/21高砂。11/24山澄。11/27恵山。11/29栄豊。 11/30信洋。

■一九五〇年（昭和二十五年）

月	
1月	1/18高砂。
2月	2/5高砂。
4月	4/14明優。4/19信濃。

■一九五三年（昭和二十八年）

3月	（塘沽発）3/23白山。（塘沽発）3/23白竜。
4月	（塘沽発）4/18高砂。
5月	（塘沽発）5/12興安。
7月	（塘沽発）7/5興安。
8月	（塘沽発）8/7興安。
9月	（塘沽発）9/3興安。
10月	（塘沽発）10/11興安。
11月	11/28興安。

■一九五四年（昭和二十九年）

3月	3/17興安。
9月	（塘沽発）9/24興安。
11月	（塘沽発）11/27興安。

■一九五五年（昭和三十年）

2月	（塘沽発）2/21興安。
3月	（塘沽発）3/26興安。
4月	4/15興安。
8月	8/31北斗。
12月	12/8大成。（塘沽発）12/15興安。

■一九五六年（昭和三十一年）

3月	3/3大成。
6月	6/6北斗。（塘沽発）6/30興安。
7月	（塘沽発）7/29興安。
8月	8/16興安。
9月	（塘沽発）9/2興安。
10月	10/13進徳。
12月	12/1こじま。12/23興安

■一九五七年（昭和三十二年）

5月	（塘沽発）5/21興安。
7月	（真岡発）7/29興安。
10月	（真岡発）10/17白山。

■一九五八年（昭和三十三年）

1月	（真岡発）1/11白山。（真岡発）1/24白山。
4月	（塘沽発）4/21白山。
5月	（塘沽発）5/4白山。（塘沽発）5/24白山。
6月	（塘沽発）6/18白山。
7月	（塘沽発）7/10白山。
9月	（真岡発）9/4白山。

西暦・元号対照表

1907	明治	40	1920	大正	9	1933	昭和	8	1946	昭和	21
1908		41	1921		10	1934		9	1947		22
1909		42	1922		11	1935		10	1948		23
1910		43	1923		12	1936		11	1949		24
1911		44	1924		13	1937		12	1950		25
1912	大正	1	1925		14	1938		13	1951		26
1913		2	1926	昭和	1	1939		14	1952		27
1914		3	1927		2	1940		15	1953		28
1915		4	1928		3	1941		16	1954		29
1916		5	1929		4	1942		17	1955		30
1917		6	1930		5	1943		18	1956		31
1918		7	1931		6	1944		19	1957		32
1919		8	1932		7	1945		20	1958		33

収容所番号一覧表

第 1 地区	ムリー	第 28 地区	ガラドック	第 236 地区	トビリシ
第 2 地区	ソフガワニ	第 29 地区	パクタラール	第 238 地区	サラトフ
第 3 地区	ウヤッカ	第 30 地区	ウランウデ	第 247 地区	マリンスク
第 4 地区	イズベストコーワヤ	第 31 地区	チェレンホーボ	第 288 地区	ベグワード
第 5 地区	ホルモリン	第 32 地区	イルクーツク	第 314 地区	ウラル
第 6 地区	リクロボオ	第 33 地区	アバカン	第 315 地区	ドニエプロペトロフスク
第 7 地区	タイシェト	第 34 地区	クラスノヤルスク	第 330 地区	アクモリンスク
第 9 地区	ナホトカ	第 36 地区	アルタイスカヤ	第 347 地区	レニナゴリスク
第 10 地区	テチュウハ	第 37 地区	バルハシ	第 348 地区	トルキスタン
第 11 地区	スウチャン	第 39 地区	ジスカスカン	第 360 地区	ボスタンディクスキー
第 12 地区	アルチョム	第 40 地区	アルマアタ	第 367 地区	コーカンド
第 13 地区	ウラジオ	第 44 地区	クラスノボードスク	第 372 地区	アングレン
第 14 地区	ウオロシロフ	第 45 地区	ウスチノカメノゴルスク	第 386 地区	タシケント
第 15 地区	セミヨノフカ	第 46 地区	ビロビジャン	第 387 地区	フェルガナ
第 15 地区	イマン	第 52 地区	カダラ	第 415 地区	アルチョモスコー
第 16 地区	ハバロフスク	第 58 地区	モルタビヤ	第 435 地区	スベルドロフスク
第 17 地区	ホール	第 59 地区	プーシキン	第 468 地区	クズオルダー
第 18 地区	コムソモリスク	第 64 地区	マルシャンスク	第 475 地区	タガンログ
第 19 地区	ライチハ	第 97 地区	カザン	第 503 地区	ケーメルボ
第 20 地区	ブラゴエシチェンスク	第 99 地区	カラカンダ	第 511 地区	ロフトフカ
第 21 地区	ニコライエフスク	第 100 地区	サポロジーエ	第 525 地区	スターリンスク
第 22 地区	オハ	第 102 地区	チェリアビンスク	第 526 地区	アンゼルカ
第 23 地区	ブガチャチャ	第 119 地区	タタール	第 531 地区	ゼリョヌイボル
第 24 地区	チタ	第 128 地区	バルナウル	第1054地区	コクチェタフ
第 25 地区	スレテンスク	第 153 地区	スーホイログ	(番号なし)	カムチャッカ
第 26 地区	アンジシャン	第 188 地区	ラジンスク		
第 27 地区	モスコー	第 235 地区	レショートゥイ		

<著者プロフィール>

大森《おおもり》　一壽郎《いちじろう》

昭和23年　(1948年) 神奈川県横須賀市生まれ
昭和46年　横浜地方裁判所裁判所事務官採用後，最高裁判所をはじめ各地を裁判所書記官，裁判所事務官として歴任，最高裁判所訟廷首席書記官を経て，
平成17年　東京簡易裁判所判事
平成27年　現横須賀簡易裁判所判事
　趣味は，紙すき，特に竹紙を中心に研究を重ねている。

大《おお》　森《もり》　茂《しげ》　夫《お》（日記及び挿絵）

大正11年　(1922年) 栃木県那須郡小川町生まれ
抑留から帰国後の昭和22年８月，司法大臣官房会計課勤務
昭和23年　最高裁判所事務総局経理局営繕課勤務
同　51年　退職
　退職後，鎌倉簡易裁判所民事調停委員・司法委員
平成18年３月　死去

<中扉・帯　書>

岡《おか》　本《もと》　光《こう》　平《へい》

昭和23年　(1948年) 愛知県生まれ
日本各地，韓国，ドイツ，アメリカ等で個展を開催
香川県甲山寺をはじめとする日本各地の寺院等，アメリカ・エール大学美術館等が作品を収蔵。

父の遺した「シベリア日記」―35年目の帰還―

平成30年１月　第１刷発行

著　　者　大森一壽郎
発 行 人　境　敏博
発 行 所　一般財団法人　司法協会
〒104-0045　東京都中央区築地1-4-5
第37興和ビル7階
出版事業部
電話(03)5148-6529
FAX(03)5418-6531
http://www.jaj.or.jp

落丁・乱丁はお取り替えいたします。　印刷製本／モリモト印刷(株)

ISBN978-4-906929-68-9　C0295　¥900E